国学馆【双色版】

李白·杜甫诗

[唐]李白 [唐]杜甫◎著

冯慧娟◎编

辽宁美术出版社

图书在版编目（CIP）数据

李白·杜甫诗 /（唐）李白,（唐）杜甫著；冯慧娟
编 . — 沈阳：辽宁美术出版社，2019.6

（众阅国学馆）

ISBN 978-7-5314-8380-9

Ⅰ . ①李… Ⅱ . ①李… ②杜… ③冯… Ⅲ . ①唐诗—
诗集 Ⅳ . ① I222.742

中国版本图书馆 CIP 数据核字 (2019) 第 117887 号

出 版 社：辽宁美术出版社
地　　址：沈阳市和平区民族北街 29 号　邮编：110001
发 行 者：辽宁美术出版社
印 刷 者：三河市燕春印务有限公司
开　　本：787mm×1092mm　1/32
印　　张：5
字　　数：100 千字
出版时间：2019 年 6 月第 1 版
印刷时间：2019 年 6 月第 1 次印刷
责任编辑：谭惠文
装帧设计：新华智品
责任校对：郝　刚
ISBN 978-7-5314-8380-9

定　　价：25.00 元

邮购部电话：024-83833008
E-mail：lnmscbs@163.com
http：//www.lnmscbs.cn
图书如有印装质量问题请与出版部联系调换
出版部电话：024-23835227

前言

中国是一个诗的国度，而唐代是我国古典诗歌发展的鼎盛时期，许多伟大的诗人都在这一时期涌现出来，李白与杜甫则是其中的两位佼佼者。

李白（701—762），字太白，号青莲居士，唐代最伟大的浪漫主义诗人，有"诗仙"的美誉。李白的诗歌豪放飘逸，想象丰富，语言清新自然，音律和谐多变，充满瑰丽绚烂的色彩，是继屈原之后浪漫主义诗歌发展的新高峰。

李白才华横溢，狂放不羁，一生游历大江南北，广结名流，因而他的诗作也多姿多彩，传世诗篇有900多首。李诗在内容上涉及赞美祖国大好河山、隐喻政治生活、歌颂美好友情、反映民生疾苦等诸多方面。他还写了不少乐府诗，反映劳动者的艰辛生活。这些脍炙人口的诗作，表现了他蔑视权贵，反抗传统束缚，追求自由和理想的积极精神，也是盛唐社会现实和精神风貌的艺术写照。

在唐代诗人中，杜甫与李白齐名，然而他们的诗作却风格迥异。李诗豪放飘逸，杜诗沉郁顿挫。

杜甫（712—770），字子美，因曾居长安城南少陵，被人称为"杜少陵"；又因曾任检校工部员外郎，世称"杜工部"。他是中国文学史上伟大的现实主义诗人，他的诗深刻地反映了唐朝由盛而衰时期的社会面貌，有忧国忧民的炽烈情怀和不惜自我牺牲的崇高精神，因此被后人称为"诗史"，他也被后世尊称为"诗圣"。

杜诗现存1440余首，他把个人生活与社会现实紧密结合，达到了思想内容与艺术形式上的完美统一。杜诗风格多样，而以沉郁为主；语言凝练、富有表现力；其更是被后世奉为律诗创作的楷模。他继承和发展了《诗经》以来的优良文学传统，成为我国古代诗歌的现实主义高峰。

唐诗犹如一坛陈年的老酒，历久而弥香，令人沉醉。欣赏李白、杜甫两位大诗人的名作，更像是赴一场华丽的精神盛宴！我们编写本书正是为了给读者搭建一座桥梁，让读者能更好地体验唐诗恢宏博大的动人魅力。

李白·杜甫诗

目录

李白·杜甫诗

目录

李白·杜甫诗

目录

李白·杜甫诗

目录

李白·杜甫诗

目录

李白·杜甫诗

目录

李白·杜甫诗

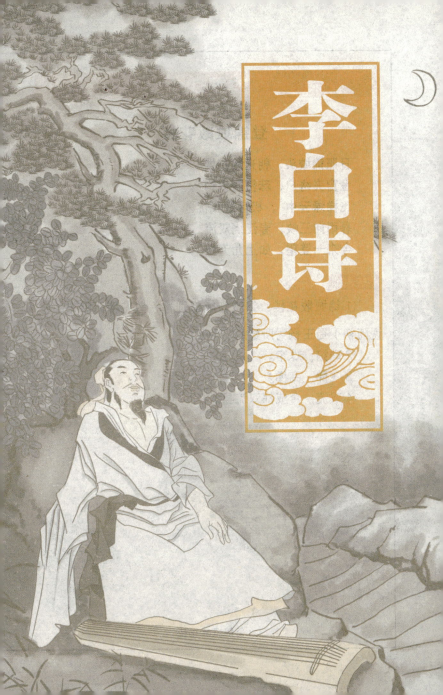

李白诗

登锦城散花楼[1]

日照锦城头，朝光散花楼。
金窗夹绣户，珠箔悬银钩[2]。
飞梯绿云中[3]，极目散我忧。
暮雨向三峡，春江绕双流[4]。
今来一登望，如上九天游。

【注释】

①锦城散花楼：锦城为成都别称，散花楼为隋末（一说随初）蜀王杨秀所建。

②珠箔：珠帘。

③飞梯：高梯。

④双流：今成都双流县。

登锦城散花楼

【译文】

太阳照耀着锦城的城头，散花楼沐浴在清晨的阳光中。金漆的窗户嵌在绣户的墙中，银钩斜挂，珠帘高悬。高梯耸入绿云中，极目远眺，我的忧思慢慢散去。傍晚的细雨洒在三峡之上，春江环绕着双流县。今天来这儿登高远眺，就像是畅游九天一样。

【评点】

这首诗是李白在成都游览时所写。在旭日的照耀下，散花楼熠熠生辉，异常美丽。高梯耸入云中，天地浑然一体，景色壮丽。作者放眼眺望，心神俱怡，愁思尽去。傍晚时分，细雨飘飞，笼罩在三峡之上，一江春水环绕着双流县，景色怡人。面对如此美丽的景象，作者产生了"如上九天游"的陶醉感。

峨眉山月歌

峨眉山①月半轮秋②，影入平羌③江水流。
夜发清溪④向三峡，思君不见下渝州⑤。

【注释】

①峨眉山：在今四川峨眉山市西南。
②半轮秋：半圆的秋月，即上弦月或下弦月。
③平羌：江名，即今青衣江，在峨眉山的东面。
④清溪：清溪驿，在四川犍（qián）为县。
⑤渝州：今重庆一带。

峨眉山月歌

【译文】

峨眉山上秋月悬空，月色清明。月影倒映在青衣江上，流水奔向了远方。趁着这月夜，我从清溪驿出发，乘舟去往三峡。月亮总为群山所阻，看不到我正在顺流去往渝州，使我相思之情顿生。

【评点】

本诗是李白离蜀赴渝时所作。全诗所表现的时间与空间跨度达到了驰骋自由的境地。二十八字中，地名就有五个，占了十二个字，这在万首唐人绝句中是绝无仅有的。

早发白帝城①

朝辞白帝彩云间②，千里江陵③一日还。
两岸猿声啼不尽，轻舟已过万重山。

【注释】

①白帝城：在今重庆市奉节县城东瞿塘峡口。

②彩云间：因白帝城在白帝山上，地势颇高，从山下江中仰望，仿佛耸入云间。

③江陵：今湖北江陵县。从白帝城到江陵约一千二百里，途经七百里三峡。

【译文】

清晨辞别彩云里的白帝城，一天时间就会到达千里之外的江陵。两岸的猿猴不停地啼叫，轻快的客船已经飞过了青山万重。

早发白帝城

【评点】

　　本诗是诗人被流放夜郎中途遇赦返回江陵时所作。诗人把轻舟和两岸景色、风物融为一体，他喜悦欢快的心情也通过轻舟疾驶的画面得到了生动表现。本诗是一篇写景状物的经典名篇。

渡荆门送别

渡远①荆门②外，来从楚国游。
山随平野尽，江入大荒流。
月下飞天镜，云生结海楼③。
仍怜故乡水，万里送行舟。

【注释】

　　①渡远：是指远道而来。

②荆门：山名，在今湖北宜都市西北，在长江南岸，与北岸虎牙山相对。

③"云生"句：形容云雾蒸腾，两岸村庄好像传说中的海市蜃楼。

【译文】

出蜀地，过三峡，远渡到荆门山外，来到楚国的故地纵情漫游。山岭随着平原的铺展渐渐消失，江水在辽阔的原野上滔滔奔流。水中月影像天上飞来的明镜，云霞变幻，结成像海市蜃楼一样的奇景。我始终热爱来自故乡的江水，它不远万里送我乘舟远行。

【评点】

本诗是诗人出蜀东下时所写的告别故乡的抒怀诗。诗中描写了荆门两岸的瑰丽景色，也表现了诗人广阔的胸襟和奋发进取的精神。作者借景抒情，层次分明，波澜起伏；全诗意象瑰丽，风格宏伟，意境高远。尤其是颔联，更是写得大气非凡，体现了作者开阔的胸襟，历来为人所称颂。

望天门山

天门①中断楚江②开，碧水东流至北回。
两岸青山③相对出，孤帆一片日边来。

【注释】

①天门山：在今安徽当涂西南长江两岸，东为博望山，西为梁山。两山夹江而立，形似天门，故得名。

②楚江：流经湖北宜昌市至安徽芜湖一带的长江。因该地古时属于楚国，所以诗人把流经这里的长江叫作楚江。

③两岸青山：博望山和梁山。

【译文】

长江从中间将天门山一分为二，东流的江水至此弯曲徘徊。我站在船上看到两旁的青山向后奔去，我的孤舟则慢慢驶向太阳升起的地方。

【评点】

这是一首七言绝句，描写并赞美了长江流经安徽当涂一带的奇美景色。

登太白①峰

西上太白峰，夕阳穷登攀。
太白与我语，为我开天关②。
愿乘泠风③去，直出浮云间。
举手可近月，前行若无山。
一别武功④去，何时复见还？

【注释】

①太白：太白金星。这里指仙人。

②天关：古星名。此指天宫之门。

③泠（líng）风：和风。

④武功：武功山，在今陕西武功县。

登太白峰

【译文】

　　我从西面攀登太白峰，直到太阳落山才登上峰顶。太白星对我说，愿意为我打开通往天宫的门。我愿乘着习习和风，飘然飞升，穿梭在浓密云层中，抬手便能触碰明月，前面好像再也没有比这更高的山了。这次和武功山分别了，什么时候才可以回来再见它呢？

【评点】

　　作者在诗中运用了丰富的想象，带有浓浓的浪漫主义色彩。天上、人间自由变换，情节多变，感情起伏有致，准确地刻画了作者欲说还休的苦闷。诗人因不被重用而郁郁寡欢，登太白峰时又产生出世的想法。这首诗形象地刻画了诗人既出世又入世的微妙复杂的心理状态。

夜下征虏亭

船下广陵①去，月明征虏亭。

夜下征虏亭

李白·杜甫诗

山花如绣颊②，江火③似流萤④。

【注释】 ....

①广陵：郡名，在今江苏扬州市一带。

②绣颊：涂过丹脂的女子面颊。这里指岸边山花的娇美。

③江火：江船上的灯火。

④流萤：飞动的萤火虫。

【译文】 ....

我乘小舟去扬州，坐在舟中回顾征虏亭。亭子沐浴在皎洁的月光下，轮廓分明。月色下亭畔山花烂漫，犹如美女绯红的面颊。江中行船的灯火，星星点点，游移不定，好像飞舞着的萤火虫。

【评点】 ....

这首诗是李白去扬州登船时所作。作者用平实的语言，生动地描绘了征虏亭及其附近江面引人入胜的夜景。

夜宿山寺

危楼①高百尺②，手可摘星辰③。
不敢高声语，恐惊天上人。

【注释】 ....

①危楼：高楼。这里指建在山顶的寺庙。

②百尺：虚指，不是实数。这里形容楼很高。

③星辰：天上星星的统称。

夜宿山寺

【译文】

山上的寺庙高高耸立着，高到人站在上面就可以摘下天上的星辰。我不敢大声讲话，担心惊动了天上的仙人。

【评点】

作者的想象力天马行空，为人所不能及；他又用极度夸张的手法渲染山寺的高度，突出了整座寺庙建筑的高耸。全诗语言质朴，形象生动。

与夏十二登岳阳楼

楼观岳阳尽，川迥洞庭开。
雁引愁心去，山衔好月来。
云间连下榻①，天上接行杯②。
醉后凉风起，吹人舞袖回③。

【注释】

①下榻：设榻留住。
②行杯：宴饮时传来传去的酒杯，即喝酒。
③回：飘荡；回旋。

【译文】

站在岳阳楼上，岳阳美景尽收眼底。只见山离得远了，一片洞庭湖水豁然开朗。连大雁与群山也仿佛有了灵性似的，一个将愁绪引去，一个将好月衔来。岳阳楼高耸入云，我与友人仿佛在天上云间饮酒作乐。酒喝得有些醉了，禁不住跳起舞来，凉风吹着衣袖来回摆动。

【评点】

　　这首诗是李白在流放夜郎途中遇赦返回，由江陵到岳阳时所作。诗中表现出其遇赦后的轻快欢欣，豪言壮志溢于言表。

陪侍郎叔①游洞庭醉后三首（其三）

　　划却君山好，平铺湘水②流。
　　巴陵③无限酒，醉杀洞庭秋。

【注释】

　　①侍郎叔：诗人的族叔刑部侍郎李晔。
　　②湘水：正源头是广西壮族自治区兴安县西南，向东北流入湖南境内，到零陵与潇水会合。
　　③巴陵：巴陵郡，郡治在今湖南省岳阳。

【译文】

　　把君山铲掉就好了，那样湘水就可以平铺着流入洞庭湖。这巴陵浩浩荡荡的江水啊，仿佛都变成了美酒，灌醉了整个洞庭地区，你看那满山的红叶，不就是洞庭之秋醉后的容颜吗？

【评点】

　　全诗笼罩着芳醇的酒香，使读者如饮醇醴，通体舒畅，深为诗人奇特的想象、新颖的比喻、巧妙的构思所折服。

望庐山瀑布二首（其二）

　　日照香炉①生紫烟②，遥看瀑布挂前川。

望庐山瀑布

飞流直下三千尺，疑是银河落九天③。

【注释】 ··

①香炉：庐山的香炉峰。

②紫烟：日光照射在云雾水汽上呈现出的紫色。

③九天：古人认为天有九重，九天是天的最高层。此
处指极高的天空。

【译文】 ··

阳光照射在香炉峰上，使得山峰紫烟缭绕。远观瀑布
犹如白练挂在山前。水流从三千尺的高处飞奔而下，就像
是银河水从九天落下。

【评点】 ··

该诗是望瀑诗中的佳作，古人对它的评价是："入乎
其内，发乎其外。想落天外，形神兼备。"

李白·杜甫诗

乌栖曲

姑苏台①上乌栖时，吴王②宫里醉西施。
吴歌楚舞③欢未毕，青山欲衔半边日。
银箭金壶④漏水多⑤，起看秋月坠江波。
东方渐高奈乐何！

【注释】

①姑苏台：故址在今江苏省苏州市，春秋时吴王夫差所建。据说当时为建此台，耗费了大量的人力物力，三年建成，横亘五里。台上有春宵宫，吴王同西施长夜共饮其间（见《述异记》）。

②吴王：夫差，春秋末期吴国国君，吴王阖闾之子。

③吴歌楚舞：泛指东南一带的歌舞。

④银箭金壶：古代计时工具。用铜壶装满水，底有漏孔，水不断下漏。壶内装有一支标有刻度的箭，由水面的变化来确定时间。

⑤漏水多：指夜已深。

【译文】

姑苏台上有乌鸦栖息的时候，吴王和西施正在宫中饮酒作乐。吴宫中的歌舞欢会还未停歇，太阳已有一半落下山了。更漏声声不断，夜已深了，起来看那秋月，也将要没入波涛之中了。东方虽然渐渐明朗，但吴王仍沉溺于欢乐之中不能自拔。

乌栖曲

　　这首传诵古今的怀古诗，意深词婉，借古讽今，描写生动，揭露了封建统治者夜以继日寻欢作乐的颓废糜烂的生活。

蜀道难

噫吁嚱①，危乎高哉! 蜀道之难，难于上青天。

蚕丛及鱼凫②，开国何茫然。

尔来四万八千岁，不与秦塞通人烟。

西当太白③有鸟道，可以横绝峨眉巅。

地崩山摧壮士死④，然后天梯石栈⑤相钩连。

上有六龙回日⑥之高标，下有冲波逆折之回川。

黄鹤之飞尚不得过，猿猱⑦欲度愁攀援。

青泥⑧何盘盘，百步九折萦岩峦。

扪参历井仰胁息⑨，以手抚膺坐长叹。

问君西游何时还，畏途巉岩不可攀。

但见悲鸟号古木，雄飞雌从绕林间。

又闻子规⑩啼夜月，愁空山。

蜀道之难，难于上青天，使人听此凋朱颜。

连峰去天不盈尺，枯松倒挂倚绝壁。

飞湍瀑流争喧豗⑪，砯崖转石万壑雷。

其险也若此，嗟尔远道之人胡为乎来哉!

剑阁峥嵘而崔嵬，一夫当关，万夫莫开。

所守或匪亲，化为狼与豺。

朝避猛虎，夕避长蛇，磨牙吮血，杀人如麻。

锦城虽云乐，不如早还家。

李白·杜甫诗

蜀道难

蜀道之难，难于上青天。
侧身西望长咨嗟。

【注释】

①噫吁哦：惊叹声，蜀郡方言。

②蚕丛、鱼凫（扶）：传说中古代蜀地两个开国君主。

③太白：山名，又名太乙，在今陕西省眉县东南。

④"地崩"一句：据《华阳国志·蜀志》记载，秦国开发蜀地时，秦惠王答应把五个美女送给蜀王，蜀王派五个大力士去迎接。回到梓潼时，见一大蛇钻入山洞中，五力士共同抓住蛇尾往外拉，结果把山拉垮了，五美女和壮士全被压死，山也分成五岭。

⑤石栈：栈道，在山腰凿石架木而成的道路。

⑥六龙回日：古代神话记载，羲和驾着六条龙拉的车子，每天载着太阳在空中运行。他到了这里也要从高峰旁边绕过去。

⑦猱：蜀地猿类的一种，善攀援。

⑧青泥：山岭名，在今陕西略阳县西北，为当时入蜀要道。

⑨参、井：二星宿名。参星宿是蜀地的分野，井星宿是秦地的分野。

⑩子规：即杜鹃鸟，又名杜宇。相传为古代蜀王杜宇（号望帝）的魂魄所化。

⑪喧豗：喧闹声。

啊，山势多么高多么险！蜀道难走，比上青天还难。古代的蜀王蚕丛和鱼凫，开国的年代何其遥远。从那以后经历四万八千年，一直与秦地隔绝，不通人烟。西面挡着太白山，飞鸟也只有通过鸟道才可飞到峨眉山巅。可怜地崩山塌壮士被压死，然后才有天梯石栈互相勾连。上有六龙日车都不得不绕行的高峰，下有湍急的大川。黄鹤尚且不能飞过，猿猱也难以攀缘。青泥山是何等的迂回曲折？百步之内要绕岩峦转九转。屏住呼吸似可伸手摸星辰，以手抚摸胸口坐下长叹息。请问你西游何时才能归来？恐怕是山高路险不可登攀。只见悲鸟在古树上哀叫，雄飞雌随在树林间往还。又听到杜鹃鸟在月夜啼鸣，哀切的叫声好似愁绪堆满空山。蜀道难走，比上青天还难，叫人听了红颜也要凋残。绵延相连的山峰离天不满一尺，枯松倒挂着，倚靠在悬崖绝壁上。急流和瀑布争着奔泻喧响，撞崖转石如同万山响惊雷。蜀道竟是这样艰险，你这远道之人为何还要上山来？剑阁高大而山势险峻，一个人守关，万人也别想攻进去。守关人如果不亲近可靠，就会变成害人的狼与豺。早晨要躲避猛虎，晚上要防备毒蛇，它们磨快牙齿好吸血，杀人如麻。锦城虽说是个快乐的地方，还是不如早早回家。蜀道难走啊，比上青天还难。我转身西望，禁不住仰天长叹。

本篇为李白名作，曾得到贺知章的高度赞赏，贺知章还因此称李白为"谪仙"。全诗以高度夸张的笔法，运用丰富的想象，生动细致地描绘了由秦入蜀的道路上山川的险峻，歌颂了祖国山河的壮丽，赞扬了古代人民征服大自然的伟大气魄。同时也以蜀道难作为比喻，抒发了诗人对世道人情险恶、社会动乱的感慨。

行路难三首（其一）

金樽清酒斗十千，玉盘珍羞直万钱[1]。
停杯投箸不能食，拔剑四顾心茫然。
欲渡黄河冰塞川，将登太行雪满山。
闲来垂钓碧溪上，忽复乘舟梦日边[2]。
行路难，行路难，多歧路，今安在？
长风破浪会有时，直挂云帆济沧海。

【注释】

[1] 羞：同"馐"，珍美的菜肴。直：通"值"。
[2] "闲来垂钓"二句：借用吕尚和伊尹的典故。传说吕尚未遇周文王时，曾在渭水的磻溪垂钓。伊尹受商汤重用前，曾梦见乘船从日月旁边经过。

【译文】

金樽里盛的美酒一斗就值十千钱，玉盘里装的佳肴一桌就抵万钱。面对美酒佳肴，我却放下杯子、扔掉筷子，没心情吃喝，拔出宝剑四顾，却又不禁心下茫然。我想渡过黄河，却被坚冰所阻；想攀登太行山，却因满山大雪而封山。想起了太公垂钓于磻溪之上，伊尹梦中乘船绕过日月之边的故事。前路难行，前路难行，站在分岔的路口，路太多，日后怎么办呢？我相信自己总有一天会乘风破浪实现抱负的，到时我就能扬帆于碧波之上，畅游于大海之中了。

李白·杜甫诗

李白·杜甫诗

○二四

行路难

本篇是诗人《行路难》组诗中的一首，以行路难喻人世的险恶，抒发诗人仕路坎坷的苦闷，同时也表现了他不畏艰难、坚持理想的信心和抱负。

将进酒

君不见黄河之水天上来，奔流到海不复回。
君不见高堂明镜悲白发，朝如青丝暮成雪。
人生得意须尽欢，莫使金樽空对月。
天生我材必有用，千金散尽还复来。
烹羊宰牛且为乐，会须一饮三百杯。
岑夫子，丹丘生①，将进酒，杯莫停。
与君歌一曲，请君为我倾耳听。
钟鼓馔玉不足贵②，但愿长醉不复醒。
古来圣贤皆寂寞，惟有饮者留其名。
陈王昔时宴平乐③，斗酒十千恣欢谑。
主人何为言少钱，径须沽取对君酌。
五花马④，千金裘，呼儿将出换美酒，与尔同销万古愁。

【注释】

①岑夫子：岑勋。丹丘生：元丹丘。二人均为李白的好友。

②钟鼓：古代富豪之家宴会时用的乐器。馔玉：精美的食物。

③陈王：曹操的第三子陈思王曹植的简称。宴平乐：曹

李白·杜甫诗

〇二五

植《名都篇》有"归来宴平乐，美酒斗十千"句。平乐：即"平乐观"，汉宫阙名。

④五花马：五色花纹的名马。唐代开元、天宝年间，富贵人家讲究饰马，常把马鬣剪成三瓣或五瓣的花形。

【译文】

看啊！澎湃的黄河水好像是从天上奔流而下，直奔大海，一去不回头。看啊！父母对镜为白发而伤感，感叹日月如梭，早晨还是青丝黑发，一到晚上便已如雪一样白了。人生在世，得意之时就尽情欢乐，别让金杯空着冷

将进酒

对清辉。上天造就了我们，就一定会让我们有用武之地。即使散尽了千两黄金，也仍然还能挣回来。烹羊宰牛姑且尽情享乐，今日相逢，应该要痛饮三百杯。岑夫子，丹丘生，干杯！别停下来。我为你们高歌一曲，请你们侧耳细听。钟鸣鼎食的生活并不值得骄傲，只希望一饮长醉，不再醒来。自古以来那些圣贤无不感到孤独寂寞，唯有寄情美酒的雅士才能留下美名。陈王曹植曾经在平乐宫大摆宴席，只图尽情豪饮、共享欢乐，不在乎花费巨资。主人，你为什么说钱已经不多了呢？只管去买酒来让我们一起喝个够。名贵的五花马，值钱的千金裘，都让孩子拿去卖了换回美酒吧，我跟你们一起痛饮，化解满心的忧愁。

【评点】

本篇为诗人抒怀诗名篇。诗人以奔放的激情畅快淋漓地抒写了仕途失意的苦闷，表现了蔑视世俗、轻财傲世的高昂气概和"天生我材必有用"的自信。这是一位胸怀远大抱负而又不得志的伟大诗人对黑暗社会的愤懑和抗争之词，是一支悲愤的壮歌。

古风五十九首（其三十九）

登高望四海，天地何漫漫。
霜被群物秋，风飘大荒寒。
荣华东流水，万事皆波澜。
白日掩徂辉①，浮云无定端。
梧桐巢燕雀，枳棘栖鸳鸾。
且复归去来，剑歌《行路难》②。

【注释】

①徂辉：太阳下山时的光辉。

②行路难：乐府杂曲歌名。

【译文】

登上高处俯瞰四周，天地是何等的广阔啊！秋霜覆盖，万物凋零；北风飘吹，原野荒寒。荣华富贵就像东流水一样，转瞬即逝；人间万事如波浪起伏，变化多端。白日掩盖了夕阳的余晖，浮云飘来飘去没有固定的方向。梧桐本是鸳鸾栖息的地方，现在却被燕雀占据为巢。枳棘本是燕雀聚集的地方，现在反而成了鸳鸾的栖身之处。还是回家去吧，仗剑高歌《行路难》。

【评点】

诗人深感世事无常、光阴飘忽、政治黑暗，所以在此诗中寓有自己将见机归隐之意。

下泾县陵阳溪至涩滩①

涩滩鸣嘈嘈，两山足②猿猱。
白波若卷雪，侧石不容舠③。
渔子④与舟人，撑折万张篙⑤。

【注释】

①泾县：今安徽泾县。陵阳：村镇名，唐时属泾县。涩滩：在泾县西，滩边多怪石，船行艰难。

②足：这里指巨石。

③侧石：倾斜的石头。舠：小船。

④渔子：渔夫。

⑤万张：万根。

【译文】

　　陵阳溪一带的险峻地方，涩滩里的水奔流不息，翻卷起雪白的浪花。巨石峻立，小船也难以通过。渔夫们一起努力，撑万竿竹篙齐心共渡。

【评点】

　　这首诗描写了陵阳溪一带的险峻地势，以及船夫与急流险滩顽强斗争的情景。诗人通过对险恶环境的刻画，衬托出了劳动人民"撑折万张篙"、不畏险阻的斗争精神。

梦游天姥吟留别

　　海客谈瀛洲①，烟涛微茫信难求。越人语天姥，云霞明灭或可睹。天姥连天向天横，势拔五岳掩赤城②。天台四万八千丈③，对此欲倒东南倾。我欲因之梦吴越，一夜飞度镜湖④月。湖月照我影，送我至剡溪⑤。谢公宿处今尚在，渌水荡漾清猿啼。脚著谢公屐⑥，身登青云梯。半壁见海日，空中闻天鸡⑦。千岩万转路不定，迷花倚石忽已暝。熊咆龙吟殷⑧岩泉，慄深林兮惊层巅。云青青兮欲雨，水澹澹兮生烟。列缺⑨霹雳，丘峦崩摧。洞天石扉，訇然⑩中开。青冥浩荡不见底，日月照耀金银台⑪。霓为衣兮风为马，云之君兮纷纷而来下。虎鼓瑟⑫兮鸾回车，仙之人兮列如麻。忽魂悸以魄动，恍惊起而长嗟。惟觉时之枕席，失向来之烟霞。世间行乐亦如此，古来万世东流水。别君去兮何时还？且放白鹿青崖间，须行即骑访名山。安能摧眉折腰事权贵，使我不得开心颜。

【注释】

①瀛洲：传说东海中有蓬莱、方丈、瀛洲三座山。

②天姥：山名，唐朝时属越州。赤城：山名，在今浙江省天台县北。

③天台：山名，在今浙江省，与天姥山相对。

④镜湖：又名鉴湖，在今浙江省绍兴市南。

⑤剡溪：水名，在今浙江省嵊山市南。

⑥谢公屐：谢灵运特制的游山专用木鞋。

⑦闻天鸡：《述异记》："东南有桃都山，上有大树，曰桃都，枝相去三千里。上有天鸡，日初出照此木，天鸡则鸣，天下之鸡皆随之鸣。"

⑧殷：震动，形容声音宏大。

⑨列缺：闪电。

⑩訇然：巨大的响声。

⑪金银台：传说中神仙居住的房子。

⑫鼓：弹奏。瑟：古代的一种弦乐器。

【译文】

航海人谈起神仙居住的瀛洲，在烟波渺茫的海上实在难以寻求。越人说起天姥山来眉飞色舞，云霞明灭中有时还能看清楚，或可一游。天姥山高耸入云横卧在天外，山势雄伟，超出五岳，掩盖赤城。天台山虽然高达四万八千丈，却好像在朝拜天姥山一样，向着东南倾斜。我因怀念天姥山才梦游吴越，一夜之间就飞过了镜湖明月。镜湖的月光映照着我的身影，穿云破雾一直把我送到剡溪。谢灵运住宿的地方至今还在，湖中绿水荡漾，四周传来凄清的猿啼。脚穿着当年谢公特制

梦游天姥吟留别

的木屐，攀登高入青云的层层石梯。在半山腰看见了红日出大海，高空中传来了天鸡的啼声。山峦重叠，道路曲折，路径难辨，迷恋山花怪石不觉天已黄昏。熊吼龙啸，震动着山岩和流泉，使森林战栗，群山惊颤。密云黑沉沉的，眼看就要下大雨，动荡的水面已经生起烟雾。转眼之间电光闪闪，疾雷轰鸣，忽然山峦好像要倾倒崩塌一样。神仙居住的洞府紧闭着石门，它訇然一声从中间猛然裂开。洞府广阔迷茫，看不清洞底，日月照耀着金碧辉煌的楼台。用彩虹做衣裳，用长风做马在云中飞行的各路神仙啊，一个个都从天上飘然而下。老虎弹着琴瑟，鸾凤驾着长车，仙人们依次排着队列，密密麻麻。见此情景我禁不住魂惊魄动，从梦中惊起，发出长长的叹息。醒来时看见床上只有枕和席，梦中的烟霞奇景全都消失了。人世间的欢乐也不过如此，古来万事都像一去不归的东流水。今日同诸君分别，不知何时才能归来。且把我的白鹿放牧在青崖间，想要走时便骑上它去游访名山。怎么能够低头弯腰地去侍奉那些权贵，使我不能露出快活舒心的欢颜！

【评点】

　　本篇描写作者梦游天姥山的奇幻情景，运用神奇的想象表现了天姥山光怪陆离、仙境一般的景色，借此传达作者对光明、自由、理想世界的追求和对权贵的蔑视。天姥山脉起始于括苍地区，道家以其为第十六福地。此诗题名一作《别东鲁诸公》。

宣城见杜鹃花

蜀国曾闻子规①鸟，宣城还见杜鹃花。
一叫一回肠一断，三春②三月忆三巴③。

【注释】

①子规：即杜鹃鸟，蜀地最多，暮春而鸣，声音悲凄，能勾起旅人思乡之情，俗称断肠鸟。民间传说杜鹃鸟是蜀主杜宇死后所化。

②三春：指春季。

③三巴：东汉末年，刘璋置巴郡、巴东、巴西三郡，时称三巴。

【译文】

在宣城看到漫山遍野火红的杜鹃花，忽然又听到子规鸟的啼叫。它每叫一声，人都肝肠寸断，在春季三月的时候，不禁思念起我的故乡三巴。

【评点】

诗人用这首小诗，把自己对故乡的思念之情表现得真切浓烈，感人肺腑。

奔亡道中五首（其三）

谈笑三军却，交游七贵①疏。
仍留一只箭，未射鲁连书。

【注释】 ∙∙∙∙∙∙∙∙∙∙∙∙∙∙∙∙∙∙∙∙∙∙∙∙∙∙∙∙∙∙∙∙∙∙∙∙∙∙∙

①七贵：指西汉的吕、霍、上官、丁、赵、傅、王七姓，都是皇帝的外戚。

【译文】 ∙∙∙∙∙∙∙∙∙∙∙∙∙∙∙∙∙∙∙∙∙∙∙∙∙∙∙∙∙∙∙∙∙∙∙∙∙∙∙

我虽然有谈笑间就能退敌的本事，却被权贵和皇帝疏远，得不到重用。国事虽然危急，可我的才能却无处发挥。

【评点】 ∙∙∙∙∙∙∙∙∙∙∙∙∙∙∙∙∙∙∙∙∙∙∙∙∙∙∙∙∙∙∙∙∙∙∙∙∙∙∙

这首诗抒发了诗人报国无门的苦闷，字里行间满是诗人欲进不得进、欲退心不甘的痛苦感受。

金陵新亭

金陵风景好，豪士集新亭①。
举目山河异，偏伤周颙情。
四坐②楚囚悲，不忧社稷倾。
王公③何慷慨，千载仰雄名。

【注释】 ∙∙∙∙∙∙∙∙∙∙∙∙∙∙∙∙∙∙∙∙∙∙∙∙∙∙∙∙∙∙∙∙∙∙∙∙∙∙∙

①新亭：又名中兴亭，三国时吴国所建，故址在今江苏南京市南。

②坐：同"座"。四坐：四座的人。

③王公：王导，字茂弘，琅琊临沂（今山东临沂市）人，出身士族，东晋王朝建立后任丞相，对稳定东晋在南方的统治做出了巨大贡献。

【译文】

　　金陵的风景秀美，很多壮士相约在新亭宴饮。放眼望去，风景没有改变，但江山已经易主，唯独周颛为之感伤。在座的人都穷困潦倒，相向哭泣，没有人忧念国家的危亡。王公的陈词是多么的慷慨激昂，令后世人仰慕他的英名。

【评点】

　　这首诗是李白在金陵时作的。他有感于安史之乱对国家安宁和统一的破坏，以及对百姓的残酷蹂躏，因而借东晋王导等义士聚集新亭的故事，表达自己对恢复中原的渴望以及对统治阶级苟且偷生的愤慨。

古风五十九首（其三十五）

丑女来效颦[1]，还家惊四邻。
寿陵失本步[2]，笑杀邯郸人。
一曲斐然子，雕虫丧天真[3]。
棘刺造沐猴[4]，三年费精神。
功成无所用，楚楚且华身。
《大雅》[5]思文王，颂声久崩沦。
安得郢中质[6]，一挥成风斤[7]。

【注释】

　　①颦：皱眉头。《庄子·天运》记载：相传春秋越国有个丑女，仿效当时的美女西施因心痛蹙额皱眉的样子，她以为很美，结果显得更丑了，惹得邻居们更加讨厌她。

　　②寿陵：古时燕国的城邑。《庄子·秋水》记载，相

传寿陵有个少年，听说邯郸人走路的样子好看，特地到邯郸去学。结果非但没有学会，反而连自己原来走路的姿势也忘记了，只好爬着回去。

③一曲：指一首诗歌。雕虫，比喻小技，这里指雕琢文字。

④沐猴：猕猴。传说有个卫国人欺骗燕王，说自己能在棘刺的尖端上雕刻沐猴，因而取得了优厚俸禄（见《韩非子·外储说》）。

⑤《大雅》：《诗经》的组成部分之一。

⑥安得：怎能得到。郢（yǐng）：古时楚国的都城，故址在今湖北江陵县西北。质：这里指施展技艺的对象。

⑦斤：斧。一挥成风斤，形容挥斧动作迅捷而准确。

丑女来效颦

【译文】

　　越国有一个丑女，效仿当时的美女西施因心痛蹙额皱眉的样子，结果回家时把邻居们吓坏了。寿陵的一个少年去学邯郸人走路，结果连自己原来走路的姿势也忘记了，遭到了人们的耻笑。写诗作词追求文藻华丽却忽略了实际内容的人，只是追求一些雕虫小技，却没抓住真正重要的东西。作诗在形式上雕琢，如同在棘刺上雕刻沐猴一样，费时而不实用，只能取得暂时的虚荣。周代《诗经》那种朴质的诗风多好呀，可惜它早已衰亡沦没了。怎么才能找到一个像理解楚国石匠那样理解我的郢人呢？让我改变当今文风，恢复古代的文风吧。

【评点】

　　六朝以来，文人在创作上追求形式主义，注意音律和谐、对仗工整和辞藻华丽，而内容贫乏。李白坚决反对此种文风，因此他在本诗中借流传的故事对华而不实的文风进行了讽刺。

古风五十九首（其十九）

西上莲花山①，迢迢见明星②。
素手把芙蓉，虚步③蹑太清。
霓裳④曳广带，飘拂升天行。
邀我登云台⑤，高揖卫叔卿⑥。
恍恍与之去，驾鸿凌紫冥⑦。
俯视洛阳川，茫茫走胡兵⑧。
流血涂野草，豺狼尽冠缨⑨。

李白·杜甫诗

【注释】

①莲花山：华山的最高峰莲花峰。华山在今陕西华阴市。《华山记》："山顶有池，生千叶莲花，服之羽化，因曰华山。"

②明星：传说中的华山仙女。

③虚步：凌空而行。

④霓裳：用虹霓做的衣裙。屈原《九歌·东君》有"青云衣兮白霓裳"句。曳广带：衣裙上拖着宽阔的飘带。

⑤云台：云台峰，是华山东北部的高峰，四面陡绝，景色秀丽。

⑥卫叔卿：传说中的仙人。

⑦紫冥：高空。

⑧洛阳川：泛指中原一带。走：奔跑。

⑨豺狼：比喻安史叛军。冠缨：穿戴上官吏的衣帽。

【译文】

　　我往西登上莲花山，远远地看到了仙界的仙子。仙子们手持莲花，凌空而行，登上天空。她们穿着用虹霓做成的衣裳，风吹仙袂，彩带飘飘，在天空中悠悠地行走着。众仙邀请我登上云台峰，在那里，我向卫叔卿长揖致敬。恍惚间与卫叔卿一同离开云台峰，驾着天鹅在空中遨游。低头向中原地区望去，数不清的叛军在跑动。人民的鲜血洒在野草上，那些吃人的豺狼都穿戴着官服官帽。

【评点】

　　诗中虚构了一个缥缈的仙境，以此反衬中原大地战火纷飞、人民遭难的残酷现实，表达了诗人对安史之乱的谴责。这首诗也体现了李白诗天马行空、想象奇诡的特点。

上三峡

巫山①夹青天，巴水②流若兹。
巴水忽可尽，青天无到时。
三朝上黄牛③，三暮行太迟。
三朝又三暮，不觉鬓成丝。

【注释】

①巫山：山名，在今重庆巫山县南。
②巴水：长江水。重庆东面长江水曲折三回如巴字，故曰"巴江"，此段长江常称巴水。
③黄牛：山名，在今湖北宜昌市西。高崖上有石，如人负刀牵牛状，故得此名。古代歌谣："朝发黄牛，暮宿黄牛。三朝三暮，黄牛如故。"

【译文】

　　三峡边的巫山高耸入云，把青天夹在了中间，巴水则奔腾不息，向远方疾流而去。长长的巴水很快可以流到尽头，可流放却永远没有目的地。黄牛山蜿蜒曲折，绵延数里，走了很久也不见尽头。这一路的艰辛与愁苦使我的头发都变白了。

【评点】

　　这首诗是作者在流放途中经三峡时所作，全诗语言朴素自然，最后四句更是化用民谣而来，使得全诗颇有民谣神韵。

金陵酒肆留别

风吹柳花满店香，吴姬压酒唤客尝①。
金陵子弟来相送，欲行不行各尽觞②。
请君试问东流水，别意与之谁短长。

【注释】

①吴姬：吴地酒店侍女。压酒：压酒糟取酒汁，即用新酒待客。

②尽觞：干杯，饮尽杯中酒。

【译文】

春风吹拂柳絮，满店飘香，吴姬斟上美酒请客人品尝。金陵的子弟们纷纷来相送，主客频频举杯畅饮。请你们问问这东流的江水，这份离情别意同它比谁短谁长。

【评点】

这是一首自然天成的赠别诗。诗人描写热烈欢快又稍有不舍与惆怅的送别场面，表现了江南风物之美和人情之醇厚。

金乡送韦八之西京①

客自长安来，还归长安去。
狂风吹我心，西挂咸阳②树。
此情不可道③，此别何时遇？
望望④不见君，连山起烟雾。

金陵酒肆留别

【注释】

①金乡：今山东金乡县。韦八：姓韦，排行第八，名字、生平不详。

②咸阳：指长安。

③不可道：无法用言语表达。

④望望：瞻望。

【译文】

韦八从长安来，现在又要回长安去了。我这颗思乡的心被狂风吹起，一路西行，最后挂在长安的树上。这其中的深情、愁思难以用言语表达。你我这一别，何时才能再见呢？我站在路边望着友人的背影渐渐消失在远处，只剩下连绵群山泛起的烟雾。

【评点】

这首诗语言通俗易懂，毫无雕琢之感。诗中"狂风吹我心"二句，是千古传涌的名句，是整首诗的点睛之笔，它们使此诗平中见奇。这种独出心裁的艺术构思，表现了诗人非凡的艺术才能。

沙丘城下寄杜甫

我来竟何事，高卧沙丘城①。

城边有古树，日夕连秋声。

鲁酒不可醉，齐歌空复情②。

思君若汶水③，浩荡寄南征④。

【注释】

①沙丘：山东古地名。

②鲁、齐：均指山东一带。

③汶水：发源于山东莱芜的原山，流经泰安、东平、汶上等县、市。

④南征：南行，指代往南而去的杜甫。

【译文】

我来此究竟是为了什么事呢？只不过闲居沙丘城罢了。沙丘城边有一棵古树，每当夜幕降临时，树叶在秋风吹动下发出连续不断的声响。鲁地的酒喝不醉，齐地的歌曲听起来也没有意思。我对你的思念就像汶水一样，连绵不绝地伴你南行远去。

【评点】

此诗是李白送走杜甫后闲居沙丘寓所时所写。全诗凄怆感人，情深意远，深刻地表现了两位伟大诗人之间的真挚情谊。

黄鹤楼送孟浩然之广陵

故人西辞[1]黄鹤楼，烟花[2]三月下扬州。

孤帆远影碧山尽，唯见长江天际流。

【注释】

①西辞：从西辞别。因黄鹤楼在广陵西面，孟浩然东去。

②烟花：指暮春万紫千红的美丽景色。

李白·杜甫诗

黄鹤楼送孟浩然之广陵

【译文】

老朋友在黄鹤楼与我辞别，在这个烟雾弥漫、繁花似锦的三月去扬州。孤舟的帆影渐渐远去，消失在碧空的尽头，只留下长江浩浩荡荡地向天边流去。

【评点】

本诗为送别诗的经典名篇。诗人借孤帆渐渐在碧空消失、只见长江水在天际奔流的场景，含蓄生动地表现出与友人的惜别之情，情景交融，余味不尽，给人无限的美感享受。

闻王昌龄①左迁②龙标，遥有此寄

杨花③落尽子规④啼，闻道龙标⑤过五溪⑥。
我寄愁心与明月，随风⑦直到夜郎⑧西。

【注释】

①王昌龄：唐代诗人，天宝年间被贬为龙标尉。

②左迁：古人尊右卑左，此指贬官。

③杨花：柳絮。

④子规：杜鹃鸟。

⑤龙标：今湖南怀化市一带。诗中指王昌龄，古人常用官职或任官之地的州县名来称呼一个人。

⑥五溪：指辰溪、酉溪、巫溪、武溪、沅溪五条溪水，在今湖南西部和贵州东部。

⑦随风：一作"随君"。

⑧夜郎：汉代我国西南地区的少数民族，曾在今贵州西部、北部和云南东北部及四川南部部分地区建立过政

权，称为夜郎。唐代在今贵州桐梓和湖南沅陵等地设过夜郎县。这里指湖南的夜郎。李白当时在东南，所以说"随风直到夜郎西"。

【译文】

杨花落尽，子规鸟不住地哀啼。听说你被贬龙标，此去要路经辰溪、酉溪、巫溪、武溪和沅溪。我将愁心托付给天上的明月，让它伴随你一起到夜郎以西。

【评点】

诗人发挥自己丰富的想象，将他与王昌龄的友情表达出来，将自己的"愁心"物化，以情动人。全诗语言清丽，构思奇巧，笔法灵动，展现了作者高超的诗歌创作技巧。

宣州谢朓楼饯别校书叔云①

弃我去者，昨日之日不可留；
乱我心者，今日之日多烦忧。
长风万里送秋雁，对此可以酣高楼。
蓬莱文章建安骨②，中间小谢又清发③。
俱怀逸兴壮思飞，欲上青天览明月。
抽刀断水水更流，举杯消愁愁更愁。
人生在世不称意，明朝散发弄扁舟。

【注释】

①宣州：今安徽省宣城市。谢朓：南朝齐国诗人。谢朓楼为谢朓任宣州太守时所建。校书：官名。叔云：指李

宣州谢朓楼饯别校书叔云

白族叔李云。

②蓬莱文章：对前人著述的称赞。这里以蓬莱文章指代李云。建安骨：建安风骨，建安为汉献帝年号，当时以曹氏父子为核心的邺下文人集团诗风刚健，被称为"建安风骨"。

③小谢：指谢朓，和"大谢"谢灵运相对。诗人以小谢自比。

【译文】

昨天的时光离我而去，已经不可挽留；今天的日子扰乱我心，让我多么烦忧。万里长风送走南飞的秋雁，面对此景正可畅饮醉高楼。你的文章有建安风骨，令人敬畏，而我则好比谢朓，诗文清新隽秀。我们都怀着豪情壮志奋然欲飞，真想飞上青天去摘明月。但抽刀断水，水却流得更急，举杯销愁，却是愁上加愁。人生在世要是如此不如意，不如明早散发泛舟去飘游。

【评点】

本篇为饯别抒怀诗。作者在秋日于谢朓楼送别族叔李云，抚今思昔，借酒浇愁，抒发壮志难酬、理想破灭的悲愤，充分显示了诗人狂放不羁的胸襟。

赠汪伦①

李白乘舟将欲行，忽闻岸上踏歌②声。
桃花潭③水深千尺，不及汪伦送我情。

【注释】

①汪伦：李白在桃花潭结识的朋友，性格非常豪爽。这首诗就是李白赠给他的。

②踏歌：一边唱歌，一边用脚踏地，打着拍子。

③桃花潭：水潭名，在今安徽泾县西南。

【译文】

我乘船即将启程，忽然听见岸上有人踏地为拍，高唱离别之歌。桃花潭水纵然有千尺深，也比不上汪伦为我送行的深情厚谊。

【评点】

本诗是临别之作，夹叙夹议，表现了汪伦送别李白的真实场面，表达了作者对汪伦深深的谢意。诗中巧用夸张手法，以千尺深的桃花潭水反衬汪李二人的深厚友情。"桃花潭水深千尺"二句也成为赞美友情的千古名句。

李白·杜甫诗

南陵别儿童入京

白酒新熟山中归，黄鸡啄黍秋正肥。
呼童烹鸡酌白酒，儿女嬉笑牵人衣。
高歌取醉欲自慰，起舞落日争光辉。
游说万乘苦不早①，著鞭跨马涉远道。
会稽愚妇轻买臣②，余亦辞家西入秦③。
仰天大笑出门去，我辈岂是蓬蒿人④。

【注释】

①游说：凭口才说服别人。万乘：君主。周朝制度，天子地方千里，车万乘。后来称皇帝为万乘。苦不早：恨不早就去做。

②买臣：朱买臣，西汉会稽郡吴（今江苏州市）人。家境贫寒，卖柴度日，其妻嫌其贫穷，另嫁他人。后朱买臣被重用，官至会稽太守。

③秦：指长安。

④蓬蒿人：草野之人。

【译文】

从山中游玩归家之时，家里新酿的白酒已经醇熟了，金秋时分，啄食黍粒的黄鸡长得很肥。我让书童将鸡杀掉下酒，儿女们听说了都拉着我的衣服嬉戏。一边畅饮好酒，一边放声高歌，想表达我的欢乐之情。起身舞剑，剑影闪烁，似欲与夕阳争光辉。只恨没有早些策马扬鞭，远赴长安游说天子，劝说他接纳我的主张。当年会稽的愚妇轻贱朱买臣，现在我也辞别家人西入长安。仰天大笑出门去，我岂是那种只会终老于蓬蒿之间的人？

【评点】

　　天宝初年，李白奉唐玄宗征召进京，此诗是离别儿女时所作。整首诗充满了积极向上的冲劲儿，有澎湃的进取精神，现在读来仍让人热血沸腾。"仰天大笑出门去，我辈岂是蓬蒿人"更是将诗人的自信表现得淋漓尽致。

青溪半夜闻笛

羌笛《梅花引》[1]，吴溪陇水情。
寒山秋浦月，肠断玉关[2]声。

【注释】

　　[1]《梅花引》：曲名。
　　[2]玉关：指玉门关，在今甘肃敦煌县西北，李白常以玉门关形容去国离乡的忧愁。

【译文】

　　夜里听到羌笛吹出《梅花引》的曲子，忧国怀乡之情油然而生。时值秋天，山上寒气逼人，月色清寒。在月夜闻此断肠之声，乡愁越来越浓郁。

【评点】

　　本诗虽短小，却写出了作者对故乡浓浓的思念之情。

清平调词三首（其二）

一枝红艳露凝香，云雨巫山①枉断肠。
借问汉宫谁得似，可怜飞燕②倚新妆。

【注释】

①云雨巫山：宋玉《高唐赋》写楚襄王游高唐，梦中与巫山神女欢会。此句说杨贵妃胜过巫山神女。

②飞燕：赵飞燕，汉成帝宠妃。

【译文】

杨妃就像一枝沐浴雨露后萌发芳香的红牡丹，巫山神女也会因遇杨妃失宠而伤心断肠。请问汉宫佳丽谁能和她媲美，可怜赵飞燕也要靠精心梳妆。

【评点】

这首诗以带露之花比得宠贵妃。全诗构思精巧，巧用典故，咏花咏人，紧密结合。

宿清溪主人

夜到清溪宿，主人碧岩①里。
檐楹挂星斗②，枕席响风水。
月落西山时，啾啾③夜猿起。

【注释】

①碧岩：苍翠的山岩。

②檐：屋顶伸出的边沿。楹：房屋的柱子。

李白·杜甫诗

〇五二

③啾啾：猿鸣的声音。

　　夜晚的时候到清溪借宿，主人家住在苍翠的山中。屋前斜挂着闪烁的星斗，枕边回响着风声和水声。月亮慢慢落下西山时，山中的猿开始啾啾地叫唤起来。

【评点】

　　这是一首著名的禅诗，反映了李白从宦海尘俗中解脱出来而倾心于艺术的一种禅悦心态。全诗清新自然，呈现出一种恬淡空灵的禅意悟境。

塞下曲六首（其一）

　　五月天山雪，无花只有寒。
　　笛中闻《折柳》①，春色未曾看。
　　晓战随金鼓，宵眠抱玉鞍。
　　愿将腰下剑，直为斩楼兰②。

【注释】

　　①《折柳》：《折杨柳》，古乐曲名。
　　②楼兰：汉代西域国名，位于今新疆若羌善县。这里指楼兰国王。据《汉书·西域传》记载：昭帝时，楼兰王屡次杀害西汉派往西域的使者，后西汉大将霍光派傅介子设计杀死了楼兰王。

【译文】

　　五月的天山上还覆盖着白雪，没有百花之芳香，只有那袭人的寒气。笛声吹奏的是《折杨柳》的曲子，杨柳青青的春色却不见踪影。白天在金鼓声中行军作战，夜里就抱着马鞍露宿旷野。愿用腰间佩戴的宝剑，斩下楼兰王的首级。

[评点]

此诗描写了恶劣的作战环境，军队纪律严明，士兵士气旺盛，表现了军人不怕困难、勇往直前的刚毅精神，也表现了他们强烈的爱国精神。

独坐敬亭山①

众鸟高飞尽，孤云独去闲②。

相看两不厌，只有敬亭山。

[注释]

①敬亭山：在今安徽宣城市北。
②闲：悠闲。

[译文]

天空中鸟儿们都不知所向，只有一片孤云悠闲地飘浮着，最后连孤云也不见踪影了。互相注视而不感到厌烦的，只有眼前的敬亭山和独坐山上的我。

[评点]

这首诗的动人之处，是通过思想感情和自然景物的融合来营造"静"的氛围，沈德潜在《唐诗别裁》中称其"传'独坐'之神"。可以说，"静"是该诗的血脉。

东鲁门泛舟二首（其二）

水作青龙盘①石堤。桃花夹岸鲁门西。
若教月下乘舟去。何啻②风流到剡溪。

【注释】

①盘：环绕。
②何啻：何异，何止。

【译文】

　　河水犹如青龙一样缠绕着石堤，向着桃花夹岸的东鲁门西边流去。若欲月下泛舟，怎么能只到剡溪便停滞不前了呢？

【评点】

　　这首诗是作者寄居东鲁时所写。当时，作者经常和鲁地名士孔巢父等来往，与他们把酒言欢，时人称他们为"竹溪六逸"。这首诗便是诗人描写当时生活的作品。

关山月①

明月出天山②，苍茫云海间。
长风几万里，吹度玉门关③。
汉下白登道，胡窥青海湾④。
由来征战地，不见有人还。
戍客望边色，思归多苦颜。
高楼当此夜，叹息未应闲⑤。

【注释】

①关山月：横十五曲之一。
②天山：甘肃境内的祁连山。
③玉门关：今甘肃省敦煌市西，通往西域的重要关塞。
④青海湾：青海湖，在今青海省。
⑤闲：停止。

【译文】

明月从天山东边升起，出没于苍茫的云海中间。长风浩浩荡荡掠过几万里，一直吹过了玉门关。汉高祖曾率兵被困在白登山，匈奴时刻窥视侵扰青海湾。这里从来就是兵家必争的要地，有多少将士出征不见返还。战士们望着边关的凄凉景象，因思念家乡而大都愁眉苦脸。遥想今夜妻子独坐在高楼上，也应该因为思念丈夫而叹息不止吧。

关山月

　　本诗是边塞诗，描写征战的激烈和将士一去不还的残酷，表现了将士思归的愁情。全诗气势恢宏，意境苍凉，情感强烈。

苏台①览古

旧苑荒台杨柳新，菱歌②清唱不胜春。
只今惟有西江③月，曾照吴王宫里人。

【注释】

　　①苏台：即姑苏台，故址在今江苏苏州市西南姑苏山上。春秋吴王阖闾创建。其子夫差即位后，又耗费了大量人力物力，继续修筑，极为华丽。之后，夫差就通宵达旦地在这里与妃嫔们饮酒作乐。
　　②菱歌：采菱时唱的歌曲。
　　③西江：古时指今南京市至江西省一带的长江。

【译文】

　　昔日的姑苏台是何等富丽堂皇，如今却只剩下残垣断壁，一片荒凉；而台前台后的杨柳，仍然是一片青青绿色，生机盎然。这时，远处传来荡舟采菱女子的婉转歌声，为此景更添了一份春意。如今恐怕只有亘古如新的月亮，才照见过吴王宫中的繁华，看见过夫差、西施这些人吧。

【评点】

　　这首诗将姑苏台如今的荒凉与往日的繁华做对比，情

李白·杜甫诗

〇五七

随事迁，世事沉浮，这样强烈的对比引发了诗人对人生的无限感慨。

登高丘而望远海

登高丘，望远海。六鳌①骨已霜，三山流安在？扶桑②半摧折，白日沉光彩。银台金阙③如梦中，秦皇、汉武空相待。精卫费木石，鼋鼍无所凭④。君不见骊山、茂陵尽灰灭，牧羊之子来攀登。盗贼劫宝玉，精灵竟何能。穷兵黩武今如此，鼎湖飞龙⑤安可乘。

【注释】

①鳌：传说中海里的大鳖。

②扶桑：神话中的树木名。传说太阳每天在咸池沐浴后渐渐升起，升高到扶桑树梢的时候，天刚刚微明。

③银台金阙：黄金白银建成的亭台宫阙，指神仙居住的地方。

④鼋：大鳖。鼍：俗称猪婆龙，鳄鱼的一种。鼋鼍：传说周穆王征越国时，曾在九江架鼋鼍为桥渡江。

⑤鼎湖飞龙：据《史记·封禅书》记载：黄帝曾在荆山下铸鼎，铸成后，乘龙上天，成为仙人。其地被称为鼎湖。

【译文】

登上高高的山丘，远眺浩瀚的大海。六鳌之骨像霜一样白，剩下的三座仙山还在吗？如果扶桑树被摧残折断了，那太阳就要沉入大海失去光彩了。那些神仙洞府里用黄金、白银建成的亭台楼阁就像梦境一样不真实，秦始皇、汉武帝也只能空等。精卫填海的神话难以让人信服，鼋鼍为梁也没有凭据。君不见骊山、茂陵化为灰烬，只剩放羊娃去攀登。盗贼偷走了里面的宝石、玉器，那些神仙却无能为力。他们生前穷兵黩武，而今到了这个地步，又怎能乘鼎湖飞龙升天成仙呢？

【评点】

本诗是李白游历吴越旧地时所作。作者登高望远，念及历史上的风云人物，如今都已化为乌有，不禁感慨万千，大有万事终成空无之感。

上李邕[1]

大鹏[2]一日同风起，抟摇直上九万里。
假令风歇时下来，犹能簸却沧溟水。
时人见我恒殊调[3]，见余大言皆冷笑。
宣父犹能畏后生，丈夫未可轻年少[4]。

【注释】

①李邕：字泰和，广陵江都（今江苏扬州市江都区）人。唐玄宗时任北海（今山东青州市）太守，书法、文章都很有名，世称李北海。后被李林甫杀害，年七十余。《旧唐书·文苑传》有传。李邕年辈早于李白，故诗题云"上"。

②大鹏：传说中的大鸟。

③恒：经常。殊调：发表不同于常人的论调。

④丈夫：对成年男子的尊称，这里指李邕。年少：李白自称。

【译文】

大鹏有朝一日乘风而起，便可直上九万里的高空。即使风停了，落下来也还可以振翅击起沧溟水。时人见我常常发表不同于常人的论调，都对我报以冷笑、讥讽。孔子尚且说后生可畏，李大人你怎能看不起年少的我呢？

【评点】

在此诗中，李白以大鹏自比，体现了他自信、自负、不畏流俗的性格特点。该诗语气率直，毫无谦卑之感。

上李邕

杨叛儿

君歌《杨叛儿》[①]，妾劝新丰酒[②]。
何许最关人？乌啼白门[③]柳。
乌啼隐杨花，君醉留妾家。
博山炉中沉香火，双烟一气凌紫霞。

【注释】

　　①《杨叛儿》：乐府清商曲旧题。相传南齐隆昌时，女巫之子杨旻随母入内宫，长大后得何后宠爱。当时童谣云："杨婆儿，共戏来。"讹作杨叛儿（见《通典》）。
　　②新丰酒：南北新丰均产美酒。
　　③白门：刘宋都城建康（今南京）城门。

【译文】

　　君歌一曲《杨叛儿》，妾劝君再饮一杯新丰酒。什么东西最引人关注呢？那就是鸟鸣其间的白门绿柳。鸟鸣声渐渐隐没在杨花之中，君醉宿妾家。博山炉中的沉香木呼呼地燃着，生出的青烟慢慢飘散，最后化作天上的紫霞云朵。

【评点】

　　作者用充满激情的笔调，刻画了一位热爱生活、享受生活、勇于追求自己爱情的女性形象。这首诗有民歌的味道，语言质朴自然，有浓厚的浪漫主义色彩。

长干行①二首（其一）

妾发初覆额，折花门前剧②。

郎骑竹马来，绕床③弄青梅。

同居长干里，两小无嫌猜。

十四为君妇，羞颜未尝开。

低头向暗壁，千唤不一回。

十五始展眉，愿同尘与灰。

常存抱柱信④，岂上望夫台。

十六君远行，瞿塘滟滪堆⑤。

五月不可触，猿声天上哀。

门前迟行迹，一一生绿苔。

苔深不能扫，落叶秋风早。

八月蝴蝶来，双飞西园草。

感此伤妾心，坐⑥愁红颜老。

早晚下三巴⑦，预将书报家。

相迎不道远，直至长风沙。

【注释】

①长干行：乐府旧题，内容多写船家女子生活。长干是古金陵里巷名，故址在今江苏南京市秦淮河南。

②剧：游戏。

③床：指井床，即井栏杆，而非坐具。

④抱柱信：典出《史记》："尾生与女子期于梁下，女子不来，水至不去，抱柱而死。"

⑤瞿塘：指瞿塘峡，长江三峡之一，在今四川奉节县东。滟滪堆：瞿塘峡口的一块巨礁。

李白·杜甫诗

○六二

李白·杜甫诗

长干行

⑥坐：因。

⑦三巴：即巴郡、巴东、巴西，统称"三巴"，都在今四川省东北部。

【译文】

我的头发刚刚覆盖额头，在门前折下花枝嬉戏游玩。你拿竹竿当马向我骑来，我们舞着青梅绕井栏互相追赶。我俩在长干里居住多年，儿时天真烂漫都不避嫌。十四岁我嫁给你做妻子，羞怯怯不敢展露笑颜。低头对着昏暗的墙壁，千呼万唤也不愿回头看。十五岁时才敢展眉舒颜，哪怕是化为尘土也要与你相伴。你只要经常怀着抱柱的信念，我就不会站在望夫台上。你十六岁就离家远行，经过瞿塘峡，还闯过滟滪堆。五月涨水，要小心渡过滟滪堆，两岸猿猴的哀啼声震天动地。你临行前徘徊门在前的足迹，现在都已经长满了绿苔。绿苔太厚，我不忍心清理，落叶飘散，更觉今年秋风早。八月深秋，黄色的蝴蝶结队飞来，双双在西园草地上嬉戏。见此情景，我心里分外悲伤，极度的悲愁使得我红颜衰残。你何时下三巴返回家园，请先把书信捎到我身边。为了迎接你，我不嫌路途远，哪怕一直走到长风沙等你。

【评点】

本篇为描写商妇婚姻生活的叙事诗。通过商妇的自白，追忆她和丈夫从小青梅竹马、情投意合以及婚后的生活幸福；也抒写了她对丈夫的苦苦相思和期盼丈夫早日还家的热切心愿。全诗感情真切细腻，富有民歌风味。

静夜思

床前明月光，疑是地上霜。
举头望明月①，低头思故乡。

静夜思

【注释】

①望明月：化用《子夜四时歌·秋风入窗里》中"仰头看明月，寄情千里光"句。

【译文】

床前一片明亮的月光，好像是地上铺了浓霜。抬起头仰望天上明月，低下头深深思念故乡。

【评点】

此诗以极浅白的语言写游子望月思乡之情，营造了优美深远的意境，抒写了人人共有的思乡深情。

山中与幽人①对酌

两人对酌山花开，一杯一杯复一杯。
我醉欲眠卿且去，明朝有意抱琴②来。

【注释】

①幽人：指隐居山中的人。
②琴：古代隐士喜爱的乐器。

【译文】

两人举杯对饮，四周的山花开得十分烂漫，我们一杯接一杯地喝着美酒。我醉意袭来，想要小睡片刻，你先行回家吧，明天抱着琴再来畅饮。

【评点】

这首诗不重声律，朴实自然，语言口语化，将诗人隐居之乐、嗜酒之情表现到了极致。自由、欢乐的生活让诗人陶醉不已，美酒、知音更增添了生活的乐趣。

子夜吴歌①

长安一片月，万户捣衣声。
秋风吹不尽，总是玉关②情。
何日平胡虏，良人③罢远征。

【注释】

①子夜吴歌：《乐府》曲名。传说为晋代一个名叫子夜的女子所制，因起于吴地，故得此名。
②玉关：玉门关。
③良人：古代妻子对丈夫的称呼。

【译文】

长安城头悬挂一轮明月，千家万户一片捣衣声。阵阵秋风吹个不停，声声都是思念征人之情。何时才能平定作乱的胡虏，使丈夫可以停止战争，回到家中。

【评点】

本篇是作者乐府组诗《子夜四歌》中的第三首——"秋歌"，描写了秋月夜妇人捣衣的情景，表现了妇女对出征丈夫的深深思念之情，意境浑融、优美。

月下独酌四首（其一）

花间一壶酒，独酌无相亲。
举杯邀明月，对影成三人。
月既不解饮，影徒随我身。

子夜吴歌

暂伴月将①影，行乐须及春②。
我歌月徘徊，我舞影零乱。
醒时同交欢，醉后各分散。
永结无情③游，相期邈④云汉。

【注释】 ⋯⋯⋯⋯⋯⋯⋯⋯⋯⋯⋯⋯⋯⋯⋯⋯⋯⋯⋯⋯⋯⋯⋯

①将：和。

②及春：趁着春光明媚之时。

③无情：忘情。

④邈：高远。

【译文】 ⋯⋯⋯⋯⋯⋯⋯⋯⋯⋯⋯⋯⋯⋯⋯⋯⋯⋯⋯⋯⋯⋯⋯

　　在花间石桌上放一壶美酒，没有亲人在身边，一个人孤零零地独酌。端起酒杯邀明月共饮，再拉上自己的影子凑足三人。可惜啊！月亮不解风情，不懂得饮酒之乐；影子无生命，只是跟随在我身后。暂且以明月、影子为伴，及时享受春天月夜的乐趣吧。我唱歌的时候，月亮好像在徘徊倾听。我跳舞的时候，影子便与我一起凌乱地起舞。清醒的时候一起尽情地饮酒寻欢，醉了的时候免不了各自分开。我希望与你们永远做朋友，将来相会于浩瀚的星空。

【评点】 ⋯⋯⋯⋯⋯⋯⋯⋯⋯⋯⋯⋯⋯⋯⋯⋯⋯⋯⋯⋯⋯⋯⋯

　　本篇通过奇妙的想象，用拟人化的手法描写了一个以月影为伴、酣饮歌舞的场面，表现了作者孤傲、清高、狂放不羁的情怀。作者以独白的方式来表达情感，"斯人独憔悴"，虽说以月为伴，却更见其孤独。整首诗感情跌宕起

月下独酌

伏，出语率性自然。清人沈德潜评价它是"脱口而出，纯乎天籁"。全诗前四句想象新奇，已成为李白诗中的千古名句。

春夜洛城①闻笛

谁家玉笛暗飞声，散入春风满洛城。

此夜曲中闻《折柳》，何人不起故园情。

【注释】

①洛城：即今洛阳，唐时的繁华之都。

是谁家隐隐传出的悠扬笛声？随着春风飘荡传遍了洛阳城。今夜听到这首哀伤的《折杨柳》，谁人心中不会涌起思乡之情？

【评点】

这首诗写的是诗人由听到笛声而感发的思乡之情。寥寥数语，看似平淡，实则蕴藉深沉。

自遣

对酒不觉暝[①]，落花盈[②]我衣。
醉起步溪月[③]，鸟还[④]人亦稀。

【注释】

①暝：日暮。
②盈：落满，形容词作为动词用。
③步溪月：在溪边的月下散步。
④还：归巢。

【译文】

在溪边饮酒作乐，不知不觉就到了日暮时分。落花飘零，撒满我的衣袖。醉意袭来，我在溪边的月下散步，一路上冷冷清清，倦鸟都归巢了，行人也很少。

【评点】

这首诗作于诗人被流放期间，刻画了一个豪放、孤寂的诗人形象。酒和花、月和鸟渲染的是一种孤独的愁绪，其中既有对酒当歌的豪迈，又有月下独步的凄清。

怨情

美人卷珠帘，深坐颦蛾眉[①]。
但见泪痕湿，不知心恨谁。

【注释】

①颦蛾眉：皱眉。

【译文】

美人卷起珠帘，久坐凝望，紧皱蛾眉。只见满脸斑斑泪痕，不知心里究竟在恨谁。

【评点】

本诗描写美人卷帘、夜半皱眉落泪之态，含蓄地表现了闺人的幽怨。全诗哀婉悲凉，缠绵悱恻。

玉阶怨

玉阶生白露，夜久侵罗袜[①]。
却下水精帘，玲珑[②]望秋月。

【注释】

①侵罗袜：打湿罗袜。
②玲珑：晶莹、明澈。

【译文】

玉石台阶上落满了露水，深夜久站，浸湿了脚上的罗

李白·杜甫诗

怨情

袜。回房放下水晶帘御寒，透过晶莹明澈的窗子，仰望明亮的秋月。

本诗通过描写宫女伫立玉阶凝神望月的情景，表现了她们幽闭深宫的寂寞和哀怨。诗作虽以"怨"为题，却不露"怨"字。头两句写独立玉阶，露侵罗袜，更深夜浓，久等落空，怨情之深，怅茫难尽。

渌水曲①

渌水②明秋日，南湖③采白蘋④。
荷花娇欲语，愁杀荡舟人。

【注释】

①渌水曲：属古乐府曲。
②渌水：清澈的水。
③南湖：洞庭湖。
④白蘋：一种水草。

【译文】

清澈的湖水在秋天阳光的照耀下泛着白光，我在洞庭湖上采集白蘋。湖中的荷花婀娜娇羞，仿佛想和我交谈，此情此景却勾起了我深深的愁思。

【评点】

本诗描写的是一位女子在湖上采集白蘋的场面，从侧面表现了她对爱人的相思之情。整首诗寓情于景，感情真挚。

李白·杜甫诗

听蜀僧濬①弹琴

蜀僧抱绿绮②，西下峨眉峰。
为我一挥手，如听万壑松③。
客心洗流水④，遗响入霜钟。
不觉碧山暮，秋云暗几重。

【注释】

①蜀僧濬：蜀地的僧人，名濬。
②绿绮：琴名。
③万壑松：以松涛比作琴声。古琴曲有《风入松》。
④流水：语义双关，既是实指，又暗用俞伯牙与钟子
期的典故。

听蜀僧濬弹琴

李白·杜甫诗

〇七五

【译文】

　　蜀僧濬怀抱着一张绿绮琴，从西面的峨眉峰上下来。他挥手为我弹奏一曲，我好像听到万山滚动、松涛澎湃一样。我的心灵就像被流水洗涤，余音缭绕，和着钟声响彻天外。不知不觉青山已披上暮色，高空中又布满了重重秋雾。

【评点】

　　本诗写听琴，用"如听万壑松"描绘琴声的激越气势，以"客心洗流水"表现琴声动人心弦。诗人巧喻连连，一气挥洒，兴味浓郁。

秋浦歌

白发三千丈，缘①愁似个长。
不知明镜里，何处得秋霜②。

【注释】

　　①缘：因。
　　②秋霜：形容头发白得像秋霜一样。

【译文】

　　头上的白发长到三千丈，只因心中的愁绪也这样长。镜中的头发白得像秋霜，不知道为何会是这个模样。

【评点】

　　这是一首抒愤诗，是组诗《秋浦歌》中的第十五首。李白逗留秋浦时，离开长安已经快十年了。他在这首诗中以奔放的激情、夸张的手法抒发了积蕴极深的怨愤和抑郁。

与史郎中钦听黄鹤楼上吹笛

一为迁客①去长沙，西望长安不见家。
黄鹤楼中吹玉笛，江城五月落《梅花》②。

【注释】

①迁客：被贬谪到远地的官员。据《史记·屈原贾生列传》记载：贾谊在朝廷受谗毁，被贬谪为长沙王太傅。作者用贾谊的典故喻自己被放逐。

②江城：指江夏，今湖北武昌。落《梅花》：即《梅花落》，笛曲名。

【译文】

汉代的贾谊曾被贬到长沙，如今我也被贬外地。回望长安，看不到家的影子，不知亲人、君王可好？听到黄鹤楼中传出的《梅花落》的哀伤笛声，悲从中来，我仿佛看到五月的江城梅花漫天飘舞。

【评点】

该诗反映了李白遭谗离京后对功名的留恋和向往。诗人由笛声想到梅花，从听觉到视觉，将凄凉的景色和心境结合起来，运用通感，将离开长安后的悲苦心情淋漓尽致地表现了出来。

客中作

兰陵美酒郁金香①，玉碗盛来琥珀②光。
但使主人能醉客，不知何处是他乡？

【注释】

①兰陵：今山东兰陵县。郁金香：一种香草。古人用以浸酒，浸后酒色金黄。

②琥珀：一种树脂化石，呈黄色或赤褐色，色泽晶莹。这里形容美酒色泽如琥珀。

【译文】

兰陵产的美酒飘散出怡人的郁金香味儿，盛在晶莹剔透的玉碗里，呈琥珀色。主人频频劝酒，客人开怀畅饮，不知不觉中忘了自己是身在他乡。

【评点】

这首诗与别的羁旅诗不一样，一反羁旅诗写乡愁的传统，转而写作客他乡，主客共享美酒佳肴的欢乐，表现了诗人乐观、豁达的性格。

春思

燕①草如碧丝，秦②桑低绿枝。
当君怀归日，是妾断肠时。
春风不相识，何事③入罗帷？

【注释】

①燕：唐代东北边防要地（在今河北一带），诗中征人所在地。

②秦：今陕西一带。

③何事：何故。

春思

燕地春草刚刚细嫩如丝，秦地桑树已经低垂绿枝。每当你想回家的时候，正是我想你想得断肠之时。春风啊，你与我素不相识，为何飘入罗帐使我心生思念？

【评点】

本诗为闺情诗，描写秦地女子对远戍边地的丈夫的思念，表现了其独守空房的孤苦之情。

陌上赠美人

骏马骄行踏落花，垂鞭直拂五云车①。
美人一笑褰珠箔，遥指红楼是妾家。

【注释】

①五云车：传说中神仙驾驶的车辆。

【译文】

我骑着骏马踏着落花而行，在路上遇一美人，我扬起马鞭去拂美人的马车。美人掀起车帘对我嫣然一笑，指着远处的红楼说，那就是她的家。

【评点】

这首小诗，语言浅显，描写的是春游途中男女交往的情形。

李白·杜甫诗

陌上赠美人

子夜吴歌（其四）

明朝驿使①发，一夜絮征袍。
素手②抽针冷，那堪把剪刀。
裁缝寄远道，几日到临洮③。

【注释】

①驿使：古时官府传送书信和物件的使者。

②素手：白净的手，形容女子的皮肤白皙，故称"素手"。

③临洮：今甘肃临洮。

　　天一亮，驿站的使者就要出发了，妇女们连夜为自己出征在外的丈夫赶制冬天穿的棉衣。夜里寒气逼人，妇女们连抽动冰冷的针都很困难，更不用说拿起笨重的剪刀了。裁剪、缝制好的衣服由驿站使者带到前线去，可是要多少天才可以到临洮呢？

【评点】

　　本诗描写妇女们为自己出征在外的丈夫赶制棉衣，并由驿站使者带往前线的事。诗作主要表现了妇女对丈夫的关爱之情，也从侧面表现出战争对人民生活的影响。

李白·杜甫诗

杜甫诗

佳人

绝代有佳人①，幽居在空谷。
自云"良家子，零落依草木②。
关中昔丧乱③，兄弟遭杀戮。
官高何足论④? 不得收骨肉。
世情恶衰歇，万事随转烛⑤。
夫婿轻薄儿，新人美如玉。
合昏尚知时⑥，鸳鸯不独宿。
但见新人笑，那闻旧人哭!
在山泉水清，出山泉水浊。
侍婢卖珠回，牵萝补茅屋⑦。
摘花不插发⑧，采柏动盈掬⑨。"
——天寒翠袖薄，日暮倚修竹。

【注释】 ‧‧‧‧‧‧‧‧‧‧‧‧‧‧‧‧‧‧‧‧‧‧‧‧‧‧‧‧‧‧‧‧‧‧‧‧‧‧

①绝代：绝世，独一无二。《李延年歌》："北方有佳人，绝世而独立。"

②零落：凋谢，脱落。依草本：指寄身于荒山草野。

③关中：指函谷关以西，今河南函谷关镇地区。丧乱：指安禄山攻陷长安之事。

④官高：高官显位。

⑤转烛：烛光随风转动，比喻世事无常。

⑥合昏：夜合花。此花夜合晨开，故称"知时"。

⑦萝：女萝，一种藤萝植物。

佳人

⑧摘花不插发：此句意为无心装扮。
⑨动：往往。掬：量词，指双手捧取，即一捧。

【译文】

　　有一位举世无双的绝代佳人，幽居在空寂的山谷中。她说"自己本是官宦人家之女，如今却寄居在荒山草野之中。当年叛军攻陷关中后，她的兄弟都惨遭杀戮。高官显位又有何用？连亲人的尸骨都无法收敛。世间人情总是厌恶衰落，世上之事都像烛光一样随风飘忽不定。可恨丈夫是个轻薄浪子，遗弃她后又娶了个年轻貌美的妇人。合欢花尚知道晨开夜合，鸳鸯鸟也都是双飞双栖。而丈夫却只看得见新人的欢声笑语，哪听得见旧人的悲痛啼哭！泉水在山里时清澈无比，但出山后便十分污浊了。侍女帮她卖掉首饰换取口粮刚刚回来，她们扯了一把青萝修补破漏的茅屋。随手摘下一枝山花，却没有心思插在头发上，只是常常把柏枝摘个满怀"。——天气渐寒，她还穿着单薄的衣服，日落西山后，她静静地倚靠着修长的竹子。

【评点】

　　这首诗细致地描写了一位身处乱世的女子所遭受的不幸，诗中寄寓了诗人对世事人情的看法。其实诗中佳人的遭遇正是诗人对自身遭遇的隐喻。

后出塞五首（其二）

朝进东门营①，暮上河阳桥②。
落日照大旗，马鸣风萧萧。
平沙列万幕，部伍各见招。
中天悬明月，令严夜寂寥。

悲笳数声动③，壮士惨不骄。
借问大将谁？恐是霍嫖姚。

【译文】

　　早晨刚到军营报到，傍晚就跟随部队去边关。落日西照，军旗猎猎，战马嘶鸣，北风萧瑟。在平坦的沙地上排列着数万顶军帐，部队中的将官正在各自清点属下兵马。明月高悬在天空中，森严的军令使荒漠的夜晚显得更加沉寂。这时，数声悲哀的号角声突然响起，不禁让远征的将

后出塞

李白·杜甫诗

〇八七

士顿生凄惨之情。谁是这支大军的统帅呢？应该是和汉朝霍去病一样智勇双全的将领吧。

【评点】 :::::::::::::::::::::::::::::::::::::

《后出塞》一共五首，这是其中的第二首。本诗以一个刚刚入伍的新兵的口吻，描述了远征军队的行伍情景。

望岳①

岱宗夫如何②？齐鲁青未了③。
造化钟神秀④，阴阳割昏晓⑤。
荡胸生层云，决眥入归鸟。
会当凌绝顶⑥，一览众山小！

【注释】 :::::::::::::::::::::::::::::::::::::

①岳：东岳泰山。

②岱宗：泰山又称岱山，位于今山东泰安市北，是古代帝王封禅（祭祀天地）之地，居五岳之首，故称岱宗。夫如何：怎么样。

③齐鲁：周朝时分封的两个属国，都位于今山东省。青未了：青翠的景象一眼看不到边。

④造化：神奇的天地、大自然。钟：聚集。神秀：瑰丽的山色。

⑤阴阳：阴指山北，阳指山南。

⑥会当：一定要。

　　泰山的景色怎么样？青翠的山色一眼望不到边际。大自然在这里聚集了所有的神奇秀美，将山北的昏暗和山南的明亮一分为二。望着山中升起的云气，胸中顿感激荡不已，放眼追望暮归的鸟儿进入山林。我一定要登上泰山顶峰俯瞰众山，那时众山必定显得非常渺小。

【评点】

　　诗人到了泰山脚下，但并未登山，故题作《望岳》。本诗描绘了泰山气势磅礴的景象，抒发了诗人向往登上绝顶的壮志，表现了一种敢于进取、积极向上的人生态度。

前出塞九首（其六）

挽弓当挽强①，用箭当用长。
射人先射马②，擒贼先擒王。
杀人亦有限③，立国自有疆。
苟能制侵陵④，岂在多杀伤？

【注释】

①挽弓：拉弓。强：指坚硬的弓。
②射人先射马：射箭要选中对方薄弱环节。
③限：限度。
④制侵陵：阻止侵犯、侵略。

【译文】

　　拉弓就要拉硬弓，射箭就要射长箭。如果想射人，就

李白·杜甫诗

前出塞

必须先射其坐骑；如果想击败贼寇，就要先擒获其头目。杀人自有其限度，国家也自有其疆界。阻止敌军的侵犯，难道就是为了多杀敌军吗？

杜甫写有《出塞》诗多首，先写的九首题为《前出塞》，后写的五首题为《后出塞》。《前出塞》通过集中描写一个战士戍边十年的过程，反映了唐王朝发动的开边战争给人民带来的深重苦难，以此讽刺唐玄宗穷兵黩武的政策。

梦李白二首（其二）

浮云终日行①，游子久不至。
三夜频梦君，情亲见君意②。
告归常局促，苦道"来不易③：
江湖多风波，舟楫恐失坠！"
出门搔白首，若负平生志。
冠盖满京华④，斯人⑤独憔悴⑥！
孰云网恢恢？将老身反累！
千秋万岁名，寂寞身后事⑦！

①浮云：飘浮不定的云。这里比喻游子。

②君意：李白对杜甫的友情。

③苦道：反复讲。

④冠盖：高官显贵。冠：帽子。盖：车盖。

⑤斯人：李白。

⑥憔悴：潦倒失意。《秋窗随笔》载："老杜《梦李白》

李白·杜甫诗

梦李白

云：'冠盖满京华，斯人独憔悴。'昌黎《答孟郊》诗：'人皆
余酒肉，子独不得饱。'同一慨然；而古人交情，于此可见。"

⑦ "千秋"二句：意指李白名震天下，也将流芳百
世，但那也只能是千百年后的事。

【译文】

　　天上的浮云整日飘来飘去，远方的游子迟迟不归。一
连几夜我都梦到你，见你对我的深情厚谊。每次告别，你
都仓促而去，还总说"相会真是不易：江湖险恶无比，一
定要当心船翻掉入水里！"你出门时经常搔着满头白发，
唯恐辜负了平生的凌云壮志。京城中高官显贵到处都是，
唯独你却如此困顿失意。谁能说天道公正，你临老却受牵
连含冤获罪。虽然你以后必将名垂万世，但那也只是遥遥
百年之后的荣耀了。

【评点】

　　这首诗是杜甫听说李白被流放夜郎后心情悲痛，接连
几夜梦到李白的情况下有感而作的。从诗中不难看出，杜
甫对李白可谓情深意厚，充分体现了两位大诗人之间的珍
贵友谊，也可见杜甫对李白的才华的肯定和赞赏，以及对
其凄惨遭遇的同情和叹息。

悲陈陶①

孟冬②十郡③良家子④，血作陈陶泽中水！
野旷天清无战声⑤，四万义军⑥同日死！
群胡归来血洗箭，仍唱胡歌饮都市。
都人回面向北啼⑦，日夜更望官军至。

李白·杜甫诗

【注释】

①陈陶：地名，即陈陶斜，又称作陈陶泽（泽即山泽），在今西安西面。

②孟冬：农历十月。一年有四季，每个季度的第一个月称为孟。

③十郡：长安四周的十个郡。

④良家子：平民。此处指士兵。

⑤无战声：战事已结束，旷野一片死寂。

⑥义军：官军。因其为国牺牲，故称义军。

⑦向北啼：这时唐肃宗驻守灵武，在长安之北，所以古都长安的民众向北而啼。

【译文】

初冬时节，从长安四周十个郡征调来的良家子弟在一场大战之后都牺牲了，他们的鲜血洒在了陈陶水泽中。蓝天下的旷野现在变得死寂无声，四万大军竟然在一日之内全部阵亡！野蛮胡兵的箭头上滴着唐军将士的鲜血，他们仍然唱着出征时的胡歌在长安的大街小巷里纵酒狂欢。长安城的百姓都面向北面失声痛哭，日夜盼望官军的到来。

【评点】

在这首诗里，杜甫没有直接描述四万唐军横尸遍野的惨状，而是以沉重的笔法描述了人民渴望官军收复长安的迫切心情，充分体现了百姓痛苦焦灼的情绪。

兵车行①

车辚辚，马萧萧②。行人弓箭各在腰。
耶③娘妻子走相送④，尘埃不见咸阳桥⑤。
牵衣顿足拦道哭，哭声直上干云霄！
道旁过者问行人，行人但云："点行频⑥！
或从十五北防河⑦，便至四十西营田⑧。
去时里正与裹头⑨，归来头白还戍边！
边庭流血成海水，武皇⑩开边意未已！
君不闻：汉家山东⑪二百州，千村万落生荆杞⑫。

李白·杜甫诗

〇九五

兵车行

纵有健妇把锄犁，禾生陇亩无东西。
况复秦兵耐苦战，被驱不异犬与鸡。
长者虽有问，役夫敢申恨？
且如今年冬，未休关西^⑬卒。
县官急索租，租税从何出？
信知生男恶，反是生女好；
生女犹得嫁比邻，生男埋没随百草！
君不见：青海头^⑭，古来白骨无人收。
新鬼烦冤旧鬼哭，天阴雨湿声啾啾！"

【注释】

①兵车行："行"是乐府歌曲中的一种体裁，但"兵车行"是杜甫自创的新题目。

②辚辚：车轮声。萧萧：马叫声。

③耶：同"爷"，指父亲。

④走相送：奔跑相送。

⑤咸阳桥：在咸阳西南横跨渭水的一座大桥。当时是由长安通往西北的必经之路。

⑥点行频：多次被官府点名服兵役。

⑦防河：由于当时吐蕃经常侵扰黄河以西地区，因此朝廷征召官军集结于河西地区防范，叫防河。

⑧营田：屯田。在当时，戍边士卒无战事时种田，有战事时作战。

⑨去时：离开时。里正：唐朝制度，每百户设一里正，负责管理户口、检查民事、催促赋役等。

⑩武皇：汉武帝刘彻。唐诗中常采用以汉代唐的委婉避讳方式。这里借武皇指唐玄宗。

⑪山东：华山以东。

⑫荆杞：荆棘与枸杞，都是野生灌木。

⑬关西：函谷关以西的地方。

⑭青海头：青海湖边，位于今青海省东部。

【译文】

战车隆隆地响过，战马萧萧地嘶叫。出征的士兵都将弓箭佩在了腰间。爹娘、妻子、儿女奔跑来相送，一时间尘土飞扬遮蔽了咸阳桥。亲人拦在路上拽着衣角痛哭流涕，哭声一直冲上九重霄。过路行人询问这事情的起因，士兵们匆匆忙忙地说："官府按名册征兵太过频繁。有的人十五岁时就被调到黄河以北驻守，到四十岁时又被调到河西地区种田。去的时候年纪小，还没有成人，需由里正帮他裹头巾；回来时已是满头白发，却还得应征去守边。边关战争使战士流的血多如海水，但皇帝为了开拓疆土，依旧不肯罢兵。你没听说华山以东的二百多个州，数以千计的村落长满了野草荆杞吗？即使那些健壮的妇女可以犁田耕种，田地里的禾苗也长得杂乱疏稀。况且秦地的士兵既耐苦又能战，被驱使去征战沙场与鸡犬几乎无异。尽管军中的将领也经常询问士兵的生活情况，但服役的士兵怎敢向他们诉苦抱怨！比如今年冬季，朝廷依然不让他们这些关西的士兵回乡。县官衙役急着索要税租，耕田无人种，租税钱从哪里来呢？如果早知生男孩会招来灾害，那么当初还不如生个女孩好。生个女儿还能嫁给近邻，而生个儿子却要战死沙场埋骨他乡。你没看见吗？在青海湖边，那些自古以来死于沙场的士兵的尸骨无人掩埋。新鬼喊冤，旧鬼哭泣，天阴下雨之际，众鬼不停地凄惨哀号。"

【评点】

　　本诗是杜诗中的名篇。诗人借士兵之口,以满腔悲悯之情,含蓄而深刻地揭露了穷兵黩武、连年征战给人民带来的苦难,寄寓着他对百姓深刻苦难的强烈同情。全诗情绪饱满,意境深沉,言辞质朴,情真意切,感人肺腑,具有重大的思想价值和史料价值。

贫交行①

翻手作云覆手雨,纷纷轻薄何须数。

君不见管鲍贫时交,此道今人弃如土。

【注释】

　　①这首诗大约作于天宝年间杜甫献赋之后。当时杜甫由于困于长安,"朝扣富儿门,暮随肥马尘。残杯与冷炙,到处潜悲辛"(《奉赠韦左丞丈二十二韵》),尝尽了人情冷暖、世态炎凉之味,故于气愤之余,挥笔写下此诗。

【译文】

　　得意时,人们便如云之趋合;失意时,便如雨之纷散,翻手覆手之间,忽云忽雨,变化无常。鲍叔牙和管仲贫富不移的交情,真是感人肺腑,而现在的人们却将这样的交情像土块一样扔掉了。

【评点】

　　人在贫穷失意时,最能体会到人情冷暖、世态炎凉。杜甫谴责这种变化无常的世态人心——翻手为云，覆手为雨。这种不珍重人情、反复无常、时时刻刻都在变化的无德之人无处不在，让诗人叹息不已。至现代，"翻手作云覆手雨"还经常被用来形容那种为非作歹、颠倒黑白、无情寡义之人。

石壕吏

暮投石壕村[1]，有吏夜捉人。老翁逾[2]墙走，老妇出门看。吏呼一何怒[3]！妇啼一何苦！听妇前致词[4]："三男邺城戍[5]。一男附书至[6]，二男新战死。存者且偷生，死者长已矣[7]！室中更无人，惟有乳下孙[8]。有孙母未去，出入无完裙[9]。老妪力虽衰，请从吏夜归。急应河阳役，犹得备晨炊。"夜久语声绝[10]，如闻泣幽咽[11]。天明登前途，独与老翁别。

[注释]

①石壕村：今河南陕县石壕村。

②逾：翻；越。

③一何：多么。

④前致词：上前对人讲话。致：对……说。

⑤邺城：今河南安阳市。

⑥附书：托人带信。

⑦且偷生：苟活。且：姑且。长已矣：永远完结了。

⑧乳下孙：正在吃奶的孙子。

⑨完裙：完好的衣服。"裙"古代泛指衣服，多指裤子。

⑩夜久：夜深。

⑪幽咽：形容低微的、断断续续的哭声。

【译文】

傍晚时分，我投宿于石壕村，夜里听到差吏前来抓人。老翁闻声翻墙逃走，老妇慢移脚步出去应门。差役的吼叫声是那样的凶，老妇人的啼哭又是那样的悲痛！我听到老妇人走上前去对差役说："我三个儿子应征防守邺城。一个儿子刚刚捎来信，信中说，另外两个儿子已经战死沙场了。活着的人在这兵荒马乱的年头活一天算一天，死去的永远不复生了。家里再没有别的男丁，只有还在吃奶的孙子。因为有孙子在，他的母亲还没有离开，只是她进进出出，连件完好的衣服也没有！你们如果非抓一个人不可，就抓我好了。我虽然衰老无力，但今晚跟你们去，还能应付河阳紧急的差事，赶得上给部队准备明天的早饭。"夜深人静，语声断绝，依稀听到有人低声哽咽。天亮后，我要继续赶路，只好与老翁一人告别。

【评点】

759年春，郭子仪等九路节度使率六十万大军包围安庆绪叛军于邺城，但由于指挥不统一，结果被史思明的援军打得全军溃散。朝廷为补充兵员，便在洛阳以西至潼关地区强行征兵，致使百姓苦不堪言。这时，杜甫正由洛阳经过潼关赶回华州任所，途中就其所见所闻，写了"三吏""三别"。《石壕吏》是"三吏"中的一篇。在艺术表现上，这首诗最突出的特点就是精练。陆时雍曾赞颂此诗道："其事何长，其言何简。"此外，全诗揭露了封建统治者的残暴，反映了唐代"安史之乱"给广大人民带来的深重灾难，表达了诗人忧国忧民的心情。

新婚别

兔丝附蓬麻①，引蔓故不长。
嫁女与征夫，不如弃路旁。
结发为君妻，席不暖君床。
暮婚晨告别，无乃太匆忙②！
君行虽不远，守边赴河阳。
妾身未分明，何以拜姑嫜③？
父母养我时，日夜令我藏。
生女有所归，鸡狗亦得将④。
君今往死地，沉痛迫⑤中肠！
誓欲随君去，形势反苍黄⑥！
勿为新婚念，努力事戎行⑦！
妇人在军中，兵气恐不扬。
自嗟贫家女，久致罗襦裳⑧。
罗襦不复施⑨，对君洗红妆！
仰视百鸟飞，大小必双翔。
人事多错迕⑩，与君永相望⑪！

【注释】

①兔丝：也叫菟丝子，一种蔓生的草，依附在其他植物的枝干上生长。蓬和麻的枝干都很短，因此菟丝子附在上面，其蔓自然长不长。此句形容女子嫁给征夫，肯定难以长久相处。

②无乃：难道不是。

③姑嫜：公公、婆婆。

④归：古代女子出嫁称为"归"。将：带着，跟随。

这两句与俗语中的"嫁鸡随鸡，嫁狗随狗"同义。

⑤迫：痛苦、压抑。

⑥苍黄：同"仓皇"，指非常不方便，很麻烦。

⑦事戎行：当兵征战。

⑧久致：很长时间才做成。

⑨不复施：再也不穿。

⑩错迕：差错，不顺利。

⑪永相望：一直渴望相聚，表示对丈夫忠贞不贰。

【译文】

　　菟丝子缠绕在低矮的蓬和麻上，它的蔓儿当然就长不长。把女儿嫁给就要从军的人，倒不如将她丢在大路旁。我和你成婚后，竟然连床席都未曾睡暖和；昨晚上我们草草成亲，而今早你便要匆匆离开，这婚期岂不是太短！你上前线作战，虽然离家不远，可毕竟是边防前线；我们尚未举行正式的祭祖大礼，你叫我如何去拜见公婆？我未嫁给你时，不论黑夜还是白天，父母从不让我在外露面；俗话说"嫁鸡随鸡，嫁狗随狗"，如今你要上战场拼杀，我痛苦得肝肠寸断！我多想跟你一起去，只怕到时形势紧急，无法照应。你不用为新婚离别而难过，一定要在战场上为国效力；女人跟随军队，可能会影响士气。唉！我本生于贫寒之家，经过千辛万苦才做了一身丝绸嫁衣。但从现在起，我就把它脱掉，并洗掉脸上的脂粉，全心全意等你归来！你看，天上的鸟儿都自由自在地飞翔，无论大鸟还是小鸟，都是成双成对；但人世间却有如此多的不如意，但愿你我两地同心，永不相忘！

　　这是一首叙事诗，是杜甫759年的作品。这首诗是杜甫"三别"之一，完美地将思想性与艺术性结合在了一起。整首诗以独白形式，记叙了新婚夫妇即将离别，丈夫上战场，妇人虽心有不舍，却还宽慰丈夫，从而成功地塑造了一位深明事理的少妇形象。全诗共用了六个"君"字，都是新娘对新郎所说的心里话，读来十分感人。

茅屋为秋风所破歌

　　八月秋高风怒号，卷我屋上三重茅。茅飞渡江洒江郊，高者挂罥长林梢①，下者飘转沉塘坳。

　　南村群童欺我老无力：忍能对面为盗贼②。公然抱茅入竹去③，唇焦口燥呼不得！归来倚杖自叹息。俄顷风定云墨色，秋天漠漠向昏黑④。布衾多年冷似铁⑤，骄儿恶卧踏里裂⑥。床头屋漏无干处，雨脚如麻未断绝⑦。自经丧乱少睡眠⑧，长夜沾湿何由彻⑨？

　　安得广厦千万间，大庇天下寒士俱欢颜⑩，风雨不动安如山！呜呼！何时眼前突兀见此屋⑪？吾庐独破受冻死亦足！

【注释】

　　①挂罥：挂着。
　　②忍能：忍心这样。
　　③入竹去：跑入竹林。
　　④俄顷：很快，刹那之间。秋天漠漠：秋时的天空浓云密布，很快就昏暗下来。

⑤布衾：布被子。

⑥娇儿恶卧踏里裂：指小孩睡觉时双脚乱蹬，结果把被子的里面都蹬坏了。恶卧：指睡相不好，睡得不安稳。

⑦雨脚如麻：形容雨大。

⑧丧乱：安史之乱。

⑨何由彻：如何才能等到天明。

⑩大庇：全部覆盖、遮掩起来。寒士：士，指士人，即知识分子。这里泛指贫民。

⑪突兀：高立的样子。

【译文】

　　八月时节，秋风狂啸，卷走了我屋顶上的茅草。茅草四处飞扬，飞到了浣花溪那边，散落在对岸的水边。被刮到高处的茅草挂在了树梢上，刮得比较低的沉到了水塘中。南村的一群顽童欺负我年老体衰：竟然忍心这样当面做"贼"抢我的茅草，肆无忌惮地抱着茅草跑进了竹林，即使我喊得口干舌燥也没有丝毫用处。无奈之下，我只好挂着拐杖返回家，独自叹息。很快风停了，天空中的乌云黑得像墨，秋天的傍晚天色阴沉。被子由于盖了很多年，因此又冷又硬，如同铁板。孩子们睡得不舒服，把被子都蹬破了。屋子里非常潮湿，但大雨依旧在下。自从发生战乱后，我睡眠的时间日渐减少，漫漫长夜，屋中漏雨，床被湿透，如何才能熬到天明呢？怎样才能得到千万间宽敞明亮的房屋，让和我境遇相同的贫民有个落脚之地，让他们全都笑逐颜开呢？唉！如果真能出现这样宽敞明亮的房子，即使唯独我的草屋被风吹垮、我被冻死，那我也愿意啊！

【评点】

安禄山起兵反叛后，杜甫便设法逃出了长安。但不幸的是，他在逃跑的途中被叛军俘获，此后他又借机逃了出来。找到肃宗后，他被任命为朝廷官员，但很快便被贬职。此后由于衣食无着落，他便去了成都。

到达成都后，杜甫在亲戚故旧的帮助下，在成都浣花溪边造了一座茅草屋，他便与家眷在此居住。由于有好友严武的帮助，杜甫在这里暂时过上了相对安定的生活。然而，天不遂人愿，有一天，杜甫草堂上的茅草被狂风卷走，接着又下起了倾盆大雨，致使草堂中到处是水。本来仕途坎坷，没想到年老贫穷时又遭天灾打击。面对这些不幸之事，诗人彻夜难眠，感慨万千，于是写下了这首流传千秋的名作。

戏题王宰画山水图歌

十日画一水，五日画一石。
能事不受相促迫①，王宰始肯留真迹。
壮哉昆仑方壶图，挂君高堂之素壁。
巴陵洞庭日本东②，赤岸水与银河通，中有云气随飞龙。
舟人渔子入浦溆③，山木尽亚洪涛风④。
尤工远势古莫比，咫尺应须论万里。
焉得并州快剪刀⑤，剪取吴淞半江水。

【注释】

①能事：十分擅长的事情。

②日本东：日本之东。
③浦溆：岸边。
④亚：低垂。
⑤并州：唐朝时期的河东道，即今山西太原，当地制造的剪刀非常有名。

【译文】

　　十天时间画完一条河，五天时间画完一块石头。他作画不愿为了赶时间而贸然从事，只在经过长时间的酝酿后，才从容不迫地将真实的笔迹留于人间。挂在高堂白壁上的昆仑方壶图，山岭峰峦，巍峨高耸，纵横错综，蔚为壮观。图中的江水以洞庭湖的西部为源头，一直绵延流向日本的东部海面，犹如一条银丝带，场面十分壮观。岸边的水势非常浩渺，纵目望去，好似天水相接，连为一体，仿佛与银河相通。画面上云雾迷漫，飘忽不定。在狂风激流中，渔人正奋力驾船向岸边驶去，山上的大树被狂风吹得倾斜了。王宰的画在构图、布局等方面的技法堪称天下第一，因此能在一尺见方的画面上绘出万里江山的景象。就好像他用并州的剪刀把吴淞江水剪来了一段。

【评点】

　　此诗情景交融，诗中有画，画中有诗，可以说结合得非常巧妙。诗人以形象生动、活泼有趣的笔触一挥而就，既描绘了图中之景，又赞赏了画家的技艺。清朝学者方薰在《山静居画论》中评价道："读老杜入峡诸诗，奇思百出，便是吴生王宰蜀中山水图。自来题画诗亦惟此老使笔如画。"由此不难看出，这首题画诗"诗画互彰"的妙处。

春望

国破山河在①，城春草木深②。
感时花溅泪③，恨别鸟惊心。
烽火连三月④，家书抵万金。
白头搔更短，浑欲不胜簪。

【注释】

①国破：国都长安被叛军占领。

②城春：暮春的长安城。

③感时：感慨时事。花溅泪：有两种说法，一种是说，花、鸟本是观赏之物，但因离别时花溅泪、鸟惊心，因此使诗人更觉伤心难过。另一种说法是，花、鸟似人，因离别伤感，故花流泪、鸟惊心。解释虽有差异，但其精神却能相通，一则触景生情，一则移情于物，都表达了感时伤世的感情。

④烽火：古代边塞发生战争时以烽火报警，这里指战争。

【译文】

　　长安沦陷，国家破碎，只有山河依旧；春天来了，国都城空人稀，草木茂密。感伤国事，即使面对盛开的春花也忍不住流泪。与家人离别，鸟叫声令我心悸。连绵的战火已经延续了半年多，家讯难得，一信抵得上万

李白・杜甫诗

两黄金。愁绪缠绕，搔头思考，白发越搔越短，简直不能插簪。

【评点】

756年夏，安史叛军攻陷长安。之后，杜甫在投奔肃宗的途中被叛军俘获，押至长安。《春望》写于757年春。诗人看到山河依旧而国破家亡，春回大地却满城荒凉。在此身历逆境、思家情切之际，他不禁触景生情，写下此诗，表达了自己忧国伤时、念家悲己的心情。全诗意境凄凉，感人至深。

月夜忆舍弟

戌鼓断人行①，秋边一雁声。
露从今夜白②，月是故乡明。
有弟皆分散，无家问死生③。
寄书长不达，况乃未休兵。

【注释】

①戌鼓：戌楼上的更鼓，主要用来报时和报警。断人行：战争期间，夜里禁止人们活动，即后世所谓"戒严"。

②今夜白：白露（节气）的夜晚。

③"有弟"：句：发生战乱后，弟兄分散，家园破损，彼此间都无从得知死生的消息。

[译文]

　　戍楼响过更鼓后，路上便没了行人的踪影，秋天的边境，传来一阵阵孤雁悲伤的鸣叫声。今夜恰逢白露，不禁思念起家人；望月怀乡，觉得还是故乡的明月更亮。虽有兄弟，但都离散各一方，如今家已残破，他们的生死消息更是无处可寻。亲人们四处流散，平时寄的信尚且常常无法送达，更何况现在战事频繁。

[评点]

　　这是秋夜怀念兄弟之作，作此诗时，诗人寓居在战乱中的秦州。诗人望秋月而思念手足，但因不知兄弟生死而忧虑，表现了诗人对国事的担忧和对兄弟的关爱之情。

登岳阳楼

　　昔闻洞庭水，今上岳阳楼。
　　吴楚东南坼[1]，乾坤日夜浮。
　　亲朋无一字，老病有孤舟。
　　戎马关山北，凭轩涕泗流。

[注释]

　　[1]吴楚：春秋二国名。吴国在洞庭湖北，楚国在洞庭湖西，洞庭湖像是把吴地和楚地隔开。坼：裂开；隔开。此处为分界之意。

[译文]

　　过去就听说过洞庭湖之美名，现在我终于登上了岳阳楼。广阔无边的洞庭湖水，划分开吴国和楚国的疆界，

日月星辰竟像是全部漂在洞庭湖上一般。亲朋好友这时没有任何音信，只有年老多病的我还乘舟四处漂泊。想到此时天下依旧战乱不止，我背倚栏杆，北望长安，不禁泪如雨下。

【评点】

　　本诗描绘了洞庭湖的壮美气势，表现了诗人孤寂凄凉的身世，反映了他对亲人的怀念、对国事的忧思以及对自身遭遇的悲叹。浩瀚的湖水、古雅的楼宇与诗人激荡复杂的心情相互交融，气象壮伟，意境深沉。

　　岳阳楼就是现在湖南岳阳的西门城楼。登临此楼，可下瞰洞庭；遥望君山，水景山色蔚为壮观。

春夜喜雨

好雨知时节①，当春乃发生。
随风潜入夜②，润物细无声。
野径云俱黑，江船火独明③。
晓看红湿处④，花重锦官城⑤。

【注释】

　　①时节：季节更替。

　　②潜：暗暗地；悄悄地。此处采用了拟人的修辞手法。

　　③火：江中船上的灯火。

　　④红：此处指花丛。

　　⑤花重：花因沾着雨水显得饱满沉重的样子。锦官

城：四川成都的别称。据说在古代时，负责织锦的官员曾在此处居住，因此叫锦官城。

【译文】

春雨体贴人意，知晓时节：在植物生长急需水分时，它伴随着和煦的春风在夜里飘然而至，悄无声息地滋润着万物。野外四处漆黑一片，而江船上的渔火却格外明亮。到天亮时，那被雨水打湿的花朵娇美红艳，使锦官城呈现出一片万紫千红的春色。

【评点】

此诗通过描绘夜色中的春雨，表现了诗人喜悦的心情。761年春，诗人居于成都草堂时写了这首诗。诗题中的"喜"字是整首诗的诗眼，诗人生动地描写了春夜小雨的美景，诗中到处都洋溢着愉悦的感情。

江汉

江汉思归客，乾坤一腐儒①。
片云天共远，永夜月同孤②。
落日心犹壮③，秋风病欲苏④。
古来存老马，不必取长途。

【注释】

①腐儒：迂腐、墨守成规的文人。

②"片云"二句：像天一样高远，像月一样孤独。

③落日：落山的太阳。此处指晚年。

④病欲苏：病情日渐好转。

李白·杜甫诗

一二二

江汉

〖译文〗

　　我漂泊在江汉一带，思念家乡却不能回去，在茫茫天地之间，我只是一个迂腐的文人。看着远浮天边的片云和孤悬暗夜的明月，我仿佛与云共远、与月同孤。我虽已年老体衰，即将日落西山，但雄心壮志依然存在；面对飒飒秋风，我觉得病情渐有好转。自古以来，存养老马是因为其智可用，而不必取其体力，因此，我虽年老多病，但还是能有所作为的。

〖评点〗

　　768年初正月，诗人离开夔州。同年秋，诗人在湖北江陵、公安等地流转。当时诗人年近花甲，由于长期四处漂泊，生活贫困，有家难回，像浮云般飘荡，因此心中感慨良多，于是作此诗以抒怀。此诗以"江汉"为题，表达了诗人仍过着漂泊天涯的生活。虽然如此，但诗人壮志犹在心中，并未因年老体衰、生计困顿而消极避世。这首诗突出地表现了诗人"烈士暮年，壮心不已"的豪情。

题张氏隐居二首（其二）

之子时相见，邀人晚兴留。
霁潭鱣①发发，春草鹿呦呦。
杜酒偏劳劝，张梨不外求。
前村山路险，归醉每无愁。

〖注释〗

①鱣：古时指像鲟一样的鱼。

【译文】

　　与张先生会面后，他请我留下来晚上痛饮。水池里有不计其数的鳣鱼，他们自由自在地游来游去；麋鹿正在吃草，偶尔还会发出叫声。酒本是我杜家的，却偏偏劳您来劝我；梨本是你们张府上的，自然在园中边摘边吃，不必到外面买。前村山路危险，但只要喝醉后再回去，我便不会感到担忧。

【评点】

　　此诗是杜甫为应景而写，但诗中却体现了诗人的性情趣味。此诗糅合直说和用典两种手法，直说和用典的写作手法在古诗中非常普遍，如果分辨不清，就无法理解诗意。这首诗双管齐下，运用得十分恰当。如果看作直说，那就可以说接近白话；如果看作用典，那就可以说几乎全部都是典故。全诗用语自然，而情趣盎然。

秦州杂诗（其七）

莽莽万重山，孤城山谷间。
无风云出塞，不夜月临关①。
属国归何晚②，楼兰斩未还。
烟尘一长望③，衰飒正摧颜④。

【注释】

　　①不夜：月光明亮，天尚未黑。关：指边塞。

　　②属国：典属国，汉朝苏武曾任此官职。此处指唐朝使节。

　　③烟尘：战事。

　　④衰飒：情景凄凉。

【译文】

　　远望崇山峻岭，秦州城孤单地矗立在狭窄的山谷间。地面无风，云雾却飘出了边关。天还没有黑，明月却已高悬天上。出使塞外的朝廷使节为何迟迟未归呢？看来塞外的威胁未能解除啊！放眼望去，硝烟四处弥漫，整个西北地区萧条冷清，局势实在让人担忧啊！

【评点】

　　759年秋，杜甫辞去华州司功参军之职，开始出外远游。他离开长安后，第一站到达秦州（今甘肃省天水）。在此期间，他以五言律诗的形式创作了二十首描写秦州山水的诗篇，统一题名为《秦州杂诗》，诗中抒发了自己对乱世以及仕途失意的悲愤之情。

水槛遣心二首（其一）

去郭轩楹敞①，无村眺望赊②。
澄江平少岸③，幽树晚多花。
细雨鱼儿出，微风燕子斜。
城中十万户，此地两三家。

【注释】

　　①去郭：出城。轩楹：水上阁楼的梁柱。敞：敞亮。
　　②赊：遥远。草堂在成都郊外，视野广阔，四周没有人烟，可以举目远望。
　　③少岸：江水与江岸持平，故说"少岸"。

【译文】

这儿离城郭很远，庭院开阔宽敞，旁无村落，因此可以极目远眺。靠在槛栏上望向远处，只见浩荡的江水碧绿清澈，好像与江岸持平了。草堂周边茂密的花草，在春季的傍晚开着五颜六色的花朵，散发出阵阵幽香。鱼儿在毛毛细雨中摇曳着身躯，喷吐着水泡儿，欢快地游到水面来了。燕子在微风的吹拂下，倾斜着掠过水汽朦胧的天空。城中有十万户人家，但此地却只有两三户。

【评点】

整首诗都采用了对仗的手法，描绘的画面中，景物有远有近，互相交错在一起，正所谓"自有天然工巧而不见其刻划之痕"。本诗虽然句句写景，但句句也都在"遣心"。

琴台

茂陵多病后[1]，尚爱卓文君。
酒肆人间世，琴台日暮云。
野花留宝靥，蔓草见罗裙。
归凤求凰意，寥寥不复闻。

【注释】

①茂陵：古时的一个县，在今陕西省兴平市东北。此处指司马相如。

【译文】

虽然司马相如年老体衰，但他依然像当初一样爱恋卓文君，感情没有丝毫的减弱。司马相如家中贫寒，生活窘迫，于是他们便开酒肆维持生计。他在琴台之间奔走，远望碧空白云，心中肯定非常欣美！看到琴台旁的一丛野花，我觉得它就像卓文君当年的笑容；一丛丛碧绿的蔓草，如同卓文君当年所穿的碧罗裙。司马相如追求卓文君的千古奇事，后来几乎闻所未闻了。

〔评点〕

　　杜甫在缅怀古代的琴台时，其心与司马相如的《琴歌》是相通的。《琴歌》言："凤兮凤兮归故乡，遨游四海求其凰。……颉颉颃颃兮共翔翔。"由于诗人能理解司马相如与卓文君的爱情，因此他才能作出如此脍炙人口的诗篇。

旅夜书怀

细草微风岸，危樯独夜舟①：
星垂平野阔，月涌大江流。
名岂文章著？官应老病休②！
飘飘何所似③？天地一沙鸥！

〔注释〕

　　①危樯：高耸的桅杆。
　　②老病：这是反话。因为杜甫被统治者排斥而罢官的，并非多病。
　　③飘飘：飞翔的样子，这里含有"飘零""漂泊"之意，借沙鸥以写自己的漂泊。

李白·杜甫诗

二八

【译文】

　　岸上的小草在微风中飘摆，竖着高高桅杆的小船孤独地停泊在月夜的江面上；星星垂在天边，平野显得宽阔；月光随波涌动，大江滚滚东流。我是因文章写得好而扬名吗？我的仕途坎坷，最后却因罢官而四处漂泊。这一生四处漂泊的我和什么相似呢？就像那天地间一只形单影只的沙鸥啊！

旅夜书怀

【评点】

　　这首诗是杜甫出成都乘船南下时所作。诗人通过描写旅途中所看到的江岸星变、月涌的壮阔景象，抒发了自己壮志难酬、漂泊无依的苦闷之情。此诗意境雄浑广阔，情感深沉哀婉。

送远

带甲满天地①，胡为君远行②！
亲朋尽一哭③：鞍马去孤城④。
草木岁月晚，关河霜雪清⑤。
别离已昨日，因见古人情⑥。

【注释】

①带甲：披戴盔甲，此处指士卒。满天地：所有地方。

②胡为：为什么要。

③尽一哭：同"声一哭"，指同声痛哭。

④去孤城：离开孤单之城（秦州）。

⑤霜雪清：霜雪覆盖之地十分冷清，借指冬季。

⑥古人情：古人的分别之情。

【译文】

兵荒马乱之际，我为何在此时出城远行？亲朋好友都同声痛哭起来：我孤身一人离开秦州，路途之上只见草木零落，霜雪飘飞，关河冷清。与好友离别已是昨日之事，但想起来好像就在今天，可见古人在分离时是如何的难舍难分。

【评点】

杜甫在兵荒马乱之际离秦进蜀，他上路后创作了此诗，聊以自慰。诗人孤身一人骑马入蜀，前途渺茫，尚不知到时如何度日，当然也就不会有"游戏笔墨"的闲情雅致了。诗人回想"昨日"离别的情景，遥想古人离别之情意，不禁"感慨悲歌"，大声吟唱起来。

客亭

秋窗犹曙色，落木更天风。
日出寒山外，江流宿雾中①。
圣朝无弃物②，老病已成翁。

多少残生事，飘零似转蓬。

【注释】

①宿雾：早晨的大雾。

②圣朝：唐朝。无弃物：出自老子《道德经》，即"是以圣人常善救人，故无弃人。常善救物，故无弃物"。这句话用作反语，以表达当时政治的黑暗。

【译文】

秋季时分，曙光从窗户透进屋里，大风袭来，将树叶吹得四处飘落。太阳从寒山之外升起，江河水依旧笼罩在雾中。朝廷不重视人才，如今我已年老体衰，疾病缠身。我还有多少时间四处漂泊啊！

【评点】

诗中的"亭"位于梓州，今四川三台。当时有人在成都作乱，于是杜甫避往梓州。此诗和《客夜》都是诗人在762年秋季居于梓州时所写。诗人表现了对自己漂泊无依的叹息，也可看出他对理想难以实现的哀叹和愤慨。

寄李十二白二十韵

昔年有狂客，号尔谪仙人。
笔落惊风雨，诗成泣鬼神。
声名从此大，汩没一朝伸。
文彩承殊渥①，流传必绝伦。
龙舟移棹晚，兽锦夺袍新。
白日来深殿，青云满后尘。

乞归优诏许，遇我宿心亲。
未负幽栖志，兼全宠辱身。
剧谈怜野逸，嗜酒见天真。
醉舞梁园夜，行歌泗水春。
才高心不展，道屈善无邻。
处士祢衡俊，诸生原宪贫。
稻粱求未足，薏苡谤何频②。
五岭炎蒸地，三危放逐臣。
几年遭鵩鸟，独泣向麒麟。
苏武先还汉，黄公岂事秦。
楚筵辞醴日③，梁狱上书辰。
已用当时法，谁将此义陈。
老吟秋月下，病起暮江滨。
莫怪恩波隔，乘槎与问津。

【注释】

①渥：深厚；厚重。

②薏苡：一种多年生草本植物，茎直立，叶呈披针形，其果卵呈灰白色，果仁称为薏米。

③醴：一种有甜味的酒。

【译文】

过去有位洒脱狂放之人叫李白，人称谪仙。看到李白落笔，风雨为之感叹；看到李白之诗，鬼神都为之感动哭泣。从此李白之名震动京师，以前的困顿失意自此一并扫除。李白因文才出众，故被玄宗召入京师任翰林，他那惊天地、泣鬼神的诗篇必将万古流传。他陪玄宗游舟，游到很晚，最后被皇帝赏赐锦袍。玄宗经常召见李白，李白颇受宠信。此后李白因奸人诬陷而被流放，途中与我相遇，由此一见如故，情同手足。李白既没有隐藏自己的远大志向，又能在受宠和放逐的不同境遇中自保。我与他相遇后，李白非常理解我的洒脱不羁，我也十分欣赏他的坦荡胸怀。我们夜里在梁园游玩，春季则在泗水纵情吟唱。虽然才华超群，但是无用武之地；虽然道德崇高，但是无人理解；虽然才智堪比东汉祢衡，但命运却如穷困失意的原宪。李白造反，肯定是为生活所迫，有人说他收了永王的重金，这实属造谣。李白远避苍梧，长期在夜郎漂泊。几年之间屡遭祸患，心中必然悲伤。苏武最终返回汉廷，夏黄公难道会为暴秦做事吗？穆生辞别楚王，李白曾上书为自己辩护。如果当时因事理难明，就让李白服罪，那么现在谁又能将此事上报朝廷呢？晚年时，李白犹自吟诗不辍，希望他早日康复，多作好诗。不要埋怨皇帝未恩泽自己，要上书朝廷，了解事情的真相。

【评点】

杜甫和李白之间情深谊厚。闻听李白被朝廷放逐，杜甫为之叹惋，便创作了一些思念李白的诗，这首诗就是其中的一首。此诗的前四句是自古以来赞颂李白的骚人墨客们常常引用的诗句，也是最能体现李白"诗仙"之誉的诗句。诗中言道：笔落惊风雨，诗成泣鬼神。由此可见，李白在杜甫眼中，才华是多么出众，形象又是多么不凡。

览古抒怀

蜀相①

丞相祠堂何处寻②? 锦官城外柏森森③。
映阶碧草自春色④, 隔叶黄鹂空好音⑤。
三顾频烦天下计⑥, 两朝开济老臣心⑦。
出师未捷身先死, 长使英雄泪满襟。

【注释】

①蜀相: 诸葛亮, 三国时担任蜀国丞相。此诗是杜甫在760年春季游成都武侯祠时所作。

②丞相祠堂: 武侯祠, 位于成都市南郊, 与先主庙合庙而祀。

③锦官城: 成都。由于成都西南盛产锦, 古时朝廷又曾在此委派官员管理"锦"事, 故称锦官城。森森: 繁盛茂密的样子。

④自春色: 自然呈现出一片春色。

⑤空好音: 空作动听之音。

⑥三顾: 这里指诸葛亮在南阳隐居时, 刘备曾三次登门拜访之事。

⑦两朝: 刘备与刘禅父子两朝。开济: 开, 辅佐刘备建立国

蜀相

李白·杜甫诗

家；济，扶助刘禅继承帝业。

【译文】

　　到何处去寻找武侯诸葛亮的祠堂？成都南郊柏树繁盛茂密的地方。碧草映阶，呈现出一片春色，黄莺隔叶鸣叫，空作好音。先主刘备三顾茅庐讨教统一天下的策略，诸葛亮分别辅佐刘氏父子开国与继业，可谓不遗余力地尽忠蜀国。只可惜出师伐魏未捷而病死军中，使历代英雄们为此涕泪满裳。

【评点】

　　《蜀相》是一首咏史名篇。诗人抒发了自己对千古名臣诸葛亮的崇敬之情，表现了诸葛亮功高盖世的显赫人生，同时也对诸葛亮"出师未捷身先死"表达了深切的惋惜。当然，诗中也寄托了作者本人无法施展抱负的惆怅之情。

客至

舍南舍北皆春水①，但见群鸥日日来。
花径不曾缘客扫②，蓬门今始为君开③。
盘飧市远无兼味④，樽酒家贫只旧醅⑤。
肯与邻翁相对饮⑥，隔篱呼取尽馀杯⑦。

【注释】

①舍：诗人居住的草堂。
②花径：两旁种有花草的小路。
③蓬门：形容家中贫寒。
④盘飧：飧，指煮熟的菜；盘飧，泛指各种饭菜。

⑤旧醅：陈年酒。

⑥肯：可以；愿意。

⑦呼取：叫（喊）过来。

【译文】

　　房前屋后都环绕着春水，成群结队的鸥鸟每天飞来。由于客人少，因此不常清扫花径，因为你的到来，柴门今天才打开。因为离集市较远，所以盘中的菜很单调，家中贫困，只能用陈年老酒来招待你了。如果你愿意和邻居的老翁共饮，我隔着篱笆叫他过来。

【评点】

　　本诗是杜甫在成都建成草堂后所作。诗中对热情款待好友的情景进行了细致的描写，表现了诗人坦率的性格和宴客的喜悦，也表现了两人之间诚挚的友情。最后诗人欲邀请邻居前来喝酒，表现了诗人热情朴实的性格特点。全诗描写细腻传神，充满了人情味，富有生活情趣。

　　诗题为"客至"，这里的客指崔明府。杜甫在诗后注明："喜崔明府相过。"明府，即县令。

野望

西山白雪三城戍①，南浦清江万里桥②。

海内风尘诸弟隔，天涯涕泪一身遥。

惟将迟暮供多病，未有涓埃答圣朝。

跨马出郊时极目，不堪人事日萧条。

【注释】

①西山：山名，位于成都西面，此山终年积雪。三城戍：指松州（今四川省松潘县）、维州（今四川省理县西）、保州（今四川省理县新保关西北）。

②清江：四川锦江。万里桥：位于今成都南。

【译文】

西山终年积雪，三城都有重兵驻防，南郊的万里桥横跨锦江。海内连年战乱，我的几位兄弟至今没有音讯，我独自漂泊天涯真是凄凉。晚年时疾病缠身，至今也无尺寸之功报答贤明的圣皇。我独自骑马出外郊游，抬眼望去，国事日渐萧条，真是不堪想象。

【评点】

此诗写诗人远望西山时所生的伤感之情。当时国家动乱不断，诗人病困缠身，兄弟四散无音讯，国事、家事以及自己的病痛都让诗人痛苦不已。因此他眺望野外，深感人事萧条，感物伤怀，忍不住泪流满面，因而发出"海内风尘诸弟隔，天涯涕泪一身遥"的感叹。诗文表达了作者悲愤苦闷的心情，意境凄凉。

登高

风急天高猿啸哀①，渚清沙白鸟飞回②。
无边落木萧萧下③，不尽长江滚滚来。
万里悲秋常作客，百年多病独登台④。
艰难苦恨繁霜鬓⑤，潦倒新停浊酒杯。

登高

【注释】..

①猿啸哀：猿猴的哀叫声。
②渚：露出水面的小陆地。
③萧萧：形容树叶被风吹的响声。
④百年：一生。
⑤繁霜鬓：头上的白发渐多。

【译文】..

　　天高风猛，猿猴的啼叫声显得十分悲哀，水清沙白的河洲上空，许多鸥鹭上下翻飞。无边无际的树木纷纷飘下落叶，望不到头的长江水滚滚奔腾而来。我常年漂泊在外，年老多病，今天独自登上高台面对萧瑟的秋景，不禁感慨万千。经过了许多的艰难困苦，不觉白发已经长满了双鬓，困顿失意之时，却又不得不罢酒。

【评点】..

　　这首诗描写了诗人在登高台时的感想。作者细致地描绘了深秋的景色，见景生情，诉说了自己困顿失意的境况和心中的伤感。全诗意境苍凉，被后世称为"古今七言律第一"。

登楼

花近高楼伤客心：万方多难此登临①！
锦江春色来天地②，玉垒浮云变古今③。
北极朝廷终不改④，西山寇盗莫相侵⑤！
可怜后主还祠庙⑥，日暮聊为梁甫吟。

【注释】 ••

①万方多难：天下各地战乱不断。

②锦江：岷江支流，流经成都西南。

③玉垒：山名，在灌县西。

④北极：北极星，这里代指唐朝。终不改：始终没有变换，这里通过北极星不动来比喻唐朝社稷的稳定。

⑤西山寇盗：此指吐蕃。

⑥后主：刘禅。

登楼

李白·杜甫诗

二三九

【译文】

当此国家战乱不断之际，四处漂泊的我愁思满腹，登上此楼，放眼望去，虽处处繁花似锦，但看后却叫人更加黯然心伤。凭楼远眺，锦江流水裹着春色从天地的边际汹涌而来，玉垒山上的浮云飘忽不定，犹如古今世事的风云变幻。大唐朝廷始终像天上的北极星一样稳定不变，我奉劝吐蕃贼莫再徒劳无益地前来侵扰。可叹那亡国昏君刘禅竟也有专门的祠庙！已近黄昏了，我也学习孔明，姑且作一曲《梁甫吟》吧。

【评点】

这首诗描写了诗人登楼远望、抒发情怀的场景。诗人想到国家战乱不断，想到往昔历史犹如浮云变幻不定，不禁悲从中来，愤恨难当。但诗人仍旧相信，大唐社稷稳如山，绝不会溃灭。全诗充满了爱国情怀。末尾诗人感慨今世没有诸葛亮般的英才，又对国难表示忧虑。

阁夜

岁暮阴阳催短景①，天涯霜雪霁寒宵②。
五更鼓角声悲壮，三峡星河影动摇。
野哭千家闻战伐③，夷歌数处起渔樵④。
卧龙跃马终黄土⑤，人事音书漫寂寥。

【注释】

①阴阳：日月。短景：由于冬季天短，因此说短景。

"景"通"影"。

②天涯：夔州城。

③野哭：荒野之外哭泣。

④夷歌：夔州地区的少数民族所唱的歌。

⑤卧龙：诸葛亮。跃马：公孙述。西汉末年，公孙述曾在蜀地建国，自称白帝。

【译文】

冬季里，夜长昼短，光阴轮回，寒气逼人，夔州的冬夜霜雪方歇。五更时分，鼓角声声悲壮，雨后玉宇无尘，倒映在三峡中的星影摇曳不定。战乱的消息传来，马上引起千家痛哭，哭声响彻四野。许多地方的渔人、樵夫唱起了当地的歌谣。诸葛亮和公孙述那样的英雄最终也归于尘土。人事变迁，音书断绝，只剩下我一个人在无边的寂寥中度日。

【评点】

此诗是杜甫滞留夔州西阁时所作。当时各地动乱不断，诗人却依旧四处漂泊，而且生活日渐贫苦。诗中通过描写夔州冬夜的严寒，表现了诗人的艰难处境，也以抒发了诗人不忘国事的爱国情怀。

咏怀古迹五首（其三）

群山万壑赴荆门①，生长明妃尚有村②。

一去紫台连朔漠③，独留青冢向黄昏。

画图省识春风面，环佩空归月夜魂？

千载琵琶作胡语④，分明怨恨曲中论。

【注释】

①荆门：荆门山，位于今湖北宜昌市宜都市西北、长江南岸，与虎牙山隔江相望。

②明妃：王昭君，汉元帝时的一个宫女。晋时因避司马昭讳，改称明君，也称明妃。昭君村位于今湖北省兴山县。

③紫台：紫宫，帝王所居之处。朔漠：北方大漠，匈奴居住之地。

④作：弹奏。胡语：胡地之音。

【译文】

三峡中成千上万的峰峦山谷相依相连，一齐奔向荆门，那里还保留着明妃王昭君成长的山村。当年她孤独地离开汉宫远嫁到大漠，最后死在异域，在昏黄的风沙中只留下青冢。凭着画工的画像怎能识别出昭君那倾国倾城的容颜呢？如今能够带着环佩在月夜归来的，恐怕只有她的幽魂了。即使过了千年，琵琶弹出的依旧是胡地之音，但那乐曲中倾诉的分明就是昭君满腔的怨恨之情。

【评点】

这首诗通过描写王昭君的坎坷遭遇，以感慨汉元帝的昏庸，因为昭君的悲剧正是他一手造成的。同时，这首诗也寄托了诗人对自己坎坷身世的愤恨之情。此诗笔法雄健，却用词含蓄，意蕴无穷。

曲江二首（其二）

朝回日日典春衣①，每日江头尽醉归。
酒债寻常行处有，人生七十古来稀。
穿花蛱蝶深深见②，点水蜻蜓款款飞③。
传语风光共流转④，暂时相赏莫相违！

【注释】

①典：抵押。
②蛱蝶：蝴蝶。
③款款：缓缓。
④流转：反复更迭。

【译文】

每天退朝回到家，都要典当春衣买酒。经常到曲江边开怀痛饮，不醉不回。由于到处赊酒，因此处处欠有酒债。自古以来，能活到七十岁的人便很少，因此一定要珍惜时光。蝴蝶在花丛中若隐若现地穿行，蜻蜓点着水面缓缓飞行。我要寄语风光：可爱的风光呀！你就同穿花的蛱蝶、点水的蜻蜓一起流转，让我欣赏吧，就算是暂时的，也别辜负了我的这点心愿啊！

【评点】

按照我国传统的美学标准来看，《曲江二首》的最大特点就是含蓄、有神韵。含蓄和神韵都是指话未点明，似无实有，耐人寻味。在这首诗里，诗人通过描写典型的事物，让读者先体会已抒之情和已写之景，然后再去体会诗中的未抒之情和未写之景。

李白·杜甫诗

一三三

诸将五首（其二）

韩公本意筑三城①，拟绝天骄拔汉旌②。
岂谓尽烦回纥马，翻然远救朔方兵！
胡来不觉潼关隘③，龙起犹闻晋水清。
独使至尊忧社稷，诸君何以答升平？

【注释】

①韩公：唐朝的韩国公张仁愿。筑三城：707年，张仁愿前往朔方（今甘肃灵武），建造了三座受降城墙，用来防备突厥的侵略。

②天骄：胡人的自称。此处指少数民族的统领。拔汉旌：拔掉汉军军旗。此处指侵略。此联的大意是说，张仁愿之所以建造三座受降城墙，就是要阻挡突厥的侵略。

③胡来：指安禄山率军攻克京师长安。不觉：指叛军轻易攻克长安，暗指唐将昏聩无能。

【译文】

当年韩国公建造了三座"受降城"，以阻断突厥的南侵之路。但是在安史之乱以后，朝廷却要劳烦远方的回纥援兵来营救唐军。即使是筑城墙防胡人，那也要依靠将士来守。不然的话，安禄山也不会看重潼关。据说高祖在晋阳起兵时，晋水变得十分清澈。现在唯有代宗一人日夜忧虑国事，朝臣们又用什么来报效朝廷呢？

【评点】

此诗描述了唐将仆固怀恩勾引吐蕃、回纥兵侵略唐境以及朝廷借兵回纥平定叛乱的史事。当时，唐朝借用回纥大军平叛乃是肃宗之意。

九日

重阳独酌杯中酒，抱病起登江上台。
竹叶于人既无分，菊花从此不须开！
殊方日落玄猿哭，旧国霜前白雁来。
弟妹萧条各何在①？干戈衰谢两相催！

【注释】

①萧条：萧瑟冷清，没有生气。

【译文】

又是一年重阳时，我一时兴起，抱病登台，独酌杯酒，欣赏秋色。我因有病在身，不能饮酒，因此也无心赏菊。黄昏时分，一阵阵猿啼声传来，使我忍不住泪流满面。在我的家乡，此时此刻正是寒霜遍地、白雁南来之际。至今弟妹们身居何处？战乱不息，衰老多病，这些都不停地催我走向死亡。

【评点】

诗人通过描绘自己在外漂泊的境况，抒发了自己重阳登高思念亲人的感情。此诗的艺术造诣颇高，在登高诗作中堪称佳品。

八阵图

功盖三分国[1]，名成八阵图。
江流石不转：遗恨失吞吴。

【注释】

①三分国：指魏、蜀、吴三国鼎立之势。

【译文】

诸葛亮在魏、蜀、吴三分天下的斗争中，为创立蜀国基业立下了盖世功勋。他在长江边摆下的八阵图，使他名震天下。江水日夜不停地流动，但江中的阵石却始终没有移动：遗憾的是最终未能消灭东吴。

【评点】

这首诗乃是凭吊古人之作，抒发了诗人对诸葛亮卓绝功绩的敬佩之情以及对其未能实现统一大业的遗憾之情。八阵图是诸葛亮创造的一种排兵布阵之法，由八种阵势组成，用来操练军队或作战。

归雁

东来万里客[1]，乱定几年归？
肠断江城雁：高高向北飞！

【注释】

①万里客：远离故乡的游子。

归雁

【译文】

又到春暖花开之际，四处漂泊的我何时才能返回故土呢？看到江城大雁都能自由地飞向北方，而我却始终有家难归，想起来真是悲伤啊！

【评点】

这首诗写于764年的春季，诗人当时居于成都草堂。此诗体现了诗人对故乡的深切思念，同时也表达了诗人对国事的担忧。

复愁十二首（其六）

胡虏何曾盛？干戈不肯休①！
闾阎听小子②，谈话觅封侯！

【注释】

①"胡虏"句：外敌与叛军都已经被平定了。干戈：暗指各位将领。

②闾阎：小巷之门。此处代指百姓。

【译文】

想当年，贼寇何等猖獗，连年兴兵作乱，不肯罢休。看如今，外敌与叛军都已平定，因此经常能听到平民家的小伙子谈笑风生，都说日后要设法立功封侯。

【评点】

此诗作于767年，诗人当时在夔州。《杜诗详注》评价此诗道："卢注：复愁者，前愁未已，后愁又至，非谓愁已释而复生，公之愁怀，固未曾放得也。"

武侯庙

遗庙丹青落①，空山草木长。
犹闻辞后主，不复卧南阳②。

【注释】

①丹青：武侯庙里的画。

②南阳：位于今河南省，诸葛亮曾在此隐居。

【译文】

武侯庙早已被人遗忘，其墙壁上的画都已经脱落，空寂的山中，草木繁盛。站在其间，好像还能听到他辞别刘禅时，说他不再返回南阳的话语！

　　这首诗写于766年，当时诗人在夔州居住。武侯庙位于夔州西郊，是用来祭祀诸葛亮的。诸葛亮曾被赐封为武乡侯，简称武侯。

武侯庙

李白·杜甫诗

一三九

闲情逸致

江南逢李龟年

岐王宅里寻常见[1]，崔九堂前几度闻[2]。
正是江南好风景，落花时节又逢君。

【注释】

①岐王：指唐睿宗儿子李范。
②崔九：玄宗的宠臣，担任朝廷的秘书监。

【译文】

　　我过去常在岐王府里见到你，而且在崔九府上也多次听到你的歌声。现在正是江南风景秀丽的时候，很高兴在这个落花的时节又见到你。

【评点】

　　这首诗是杜甫于770年在江南漫游时因偶遇李龟年而作。当时朝廷已经平定了安史之乱。杜甫和李龟年是旧友，这次乱后偶遇，诗人回忆起前尘往事，不禁感慨万分。蘅塘退士评价此诗道："世运之治乱，年华之盛衰，彼此之凄凉流落，俱在其中，少陵七绝，此为压卷。"

江畔独步寻花七首（其五）

黄师塔前江水东[1]，春光懒困倚微风[2]。
桃花一簇开无主[3]，可爱深红爱浅红[4]？

【注释】

①黄师塔：佛教中僧人的灵塔。
②懒困：疲惫至极。
③无主：没有对象。
④可：究竟；到底。

【译文】

黄师塔前的江水日夜不停地向东流去，美丽的春光让人感觉十分疲惫，真想靠着春风入眠啊！江边有一簇已经盛开，但无人欣赏的桃花，到底是喜欢深红色的花朵呢，还是喜欢浅红色的花朵？

【评点】

此诗从表面上看好像很散漫，随意而作，然而实际上，却是精心创作而成。本诗表现了作者在春光中罕见的形态举止，诗人没有丝毫的矫揉造作，自然轻松，无拘无束。此诗堪称杜诗中的另类之作。

绝句四首（其三）

两个黄鹂鸣翠柳，一行白鹭上青天。
窗含西岭千秋雪①，门泊东吴万里船②。

【注释】

①西岭：岷山。
②东吴：今江苏江南一带。

【译文】

两只黄鹂站在翠绿的柳树枝上，不停地鸣叫；天空中的一行白鹭，在高远的天空中自由飞翔。通过窗子向外望去，依稀能看见岷山之上的皑皑白雪；而在家门之前，却停着即将前往江南的大船。

【评点】

此诗作于764年，当时杜甫居住在成都草堂。762年，诗人的好友严武离蜀入京后，蜀地便爆发了战乱，杜甫携家人逃到梓州。次年，朝廷平定了安史之乱。764年，严武又回到成都。随后，杜甫也返回成都草堂，准备在此安度晚年。这时，杜甫感到非常惬意，看着明媚中春光的景物，不禁挥手创作了四首小诗。此首是其中的第三首。

绝句二首（其一）①

迟日江山丽②，春风花草香。
泥融飞燕子，沙暖睡鸳鸯。

【注释】

①这首诗写于764年。
②迟日：春季时，昼长夜短。

【译文】

春日照耀下的山川显得格外秀美，在和煦的春风中，充斥着花草的芳香。泥土开始解冻，燕子也开始飞来；沙滩日渐暖和，鸳鸯都睡在那里。

【评点】

此诗意境恬淡，格调清新，对仗工整，流畅自如，毫无雕琢之迹。通过对清新自然的景物的描写，表现了诗人晚年平和安宁的心态。

赠花卿①

锦城丝管日纷纷②，半入江风半入云。
此曲只应天上有，人间能得几回闻？

【注释】

①花卿：成都尹崔光远的部将花敬定，他曾率军平定了段子璋之乱。

②锦城：借指四川成都。丝管：这里指伶人的歌声和乐工的演奏。

【译文】

成都城中伶人的歌声和乐工的演奏声日夜不息，那动听的歌声和乐曲一半随风而行，一半随云而动。如此动听的乐曲只在天上才有，人间又能听到几回呢？

【评点】

此诗绵里藏针，藏讽于颂，本意需要细细揣摩。虽然是一番忠言，却能入耳，可以说巧妙至极。杨伦评论道："似谀似讽，所谓言之者无罪，闻之者足戒也。此等绝句，何减龙标（王昌龄）、供奉（李白）。"

夔州歌十绝句（其一）

中巴之东巴东山①，江水开辟流其间。
白帝高为三峡镇②，夔州险过百牢关。

【注释】 ....

①中巴：东汉末年，益州牧刘璋将巴郡分为三部，即中巴、东巴和西巴。中巴位于今重庆。

②白帝：白帝城。

【译文】 ....

在中巴之东，便是巴东山，江水一直以来都在其间奔腾。白帝城位于三峡镇的高处，夔州最危险的地方便是百牢关。

【评点】 ....

对照盛唐时期绝句的传统写法，就可以从此诗中提炼出以下特点：

一、传统绝句非常重视音调的平仄谐调以及句格的稳顺。但在此诗中，诗人却故意追求拗调，首句竟然全部采用平声字，让人感到十分突兀。

二、传统绝句非常重视风调，很看重一唱三叹之音，尾联多取散行，通常"以第三句为主，第四句发之"（杨仲弘语），使用对结，有时也采取流水对；在此诗中，诗人以"的对"作结，如同半首律诗，诗意在两联间转折，结束时十分突然。

三、传统绝句非常重视情景交融的创作手法，一味写景的很少，而这首诗的两联分别写山水。虽然一味写景，但并没有显出无情。它以突兀雄浑的自然景物打动人心。至于抒情，则早已寓于写景之中了。通过此诗，我们都能感受到诗人对祖国大好河山的热爱和赞叹。

漫成①一绝

江月去人只数尺，风灯照夜欲三更。
沙头宿鹭联拳静②，船尾跳鱼拨剌鸣。

[注释]

①成：写成了。这首诗作于766年，当时杜甫正在从云安前往夔州的船上。

②联拳：通"连蜷"，蜷身。

[译文]

水中的月影离我只有数尺之远，风中飘荡的灯笼照着夜空，马上就要到三更天了。栖息在沙滩的白鹭静静地蜷身而睡，唯有船尾鱼儿跳出水面时发出响声。

[评点]

这首诗前两句描写江、月、风、灯四种景物，后两句则描写鹭、鱼两种景物，先静后动，描绘了一幅夜景图。诗中以动衬静，静动结合，表现了船的寂静安谧。

绝句漫兴九首（其三）

孰知茅斋绝低小①，江上燕子故来频。
衔泥点污琴书内，更接飞虫打着人。

【注释】

①孰知：深知；已知。绝：很；十分。

【译文】

　　江上的燕子都明白茅屋过于低，因此常常飞到这里筑巢。燕子衔来建造巢穴的泥点虽然弄脏了我的琴和书，但是它却不停地追逐咬人的小飞虫。

【评点】

　　此诗的写作特点就是景中含情。诗作首先描绘茅屋、江上燕，接着描写燕子的动作，通过对"点污琴书""打着人"的细致描写，反映了诗人安闲的心情。这种安闲之外，却更有一人孤居他乡的凄凉之意。

戏为六绝句（其二）

王杨卢骆当时体①，轻薄为文哂未休②。
尔曹身与名俱灭③，不废江河万古流④。

【注释】

　　①王杨卢骆：初唐四杰，即王勃、杨炯、卢照邻、骆宾王。他们都是初唐时期的著名诗人，当时人称"初唐四杰"。当时体：指四杰的诗文体裁和风格各有特色。

　　②轻薄：轻浮浅薄之人。哂：嘲讽。这句是说有些浅薄文人不断嘲讽四杰的诗作。

　　③尔曹：你们。这里表示轻蔑，就像说"尔等"。

　　④不废：不会影响。此处用江河万古流比喻四杰的作品将像长江、黄河那样千古流传。

【译文】

　　初唐四杰的诗作，无论是题材还是风格，在当时都各有特色，但是有些浅薄之人却经常嘲讽四杰的诗作。你们身死人灭，但四杰名字和作品都将与长江、黄河一样，永远流传世间。

【评点】

　　这首诗作于761年，是组诗中的一首。杜甫使用绝句论诗，在我国文学史上是第一次。在这组诗中，杜甫品评前代诗人，批评当时文人相轻的风气，畅谈自己的创作经验。因为他的见识超群脱俗，所以他的观点得到了后人的肯定。自杜甫始，后世的许多诗人开始以诗论诗。最早提出"初唐四杰"这一称呼的是唐朝著名诗人宋之问，他在《祭杜学士审言文》中说："后复有王、杨、卢、骆，继之以子跃云衢。王也才参卿于西陕，杨也终远宰于东吴，卢则哀其栖山而卧疾，骆则不能保族而全躯……人也不幸而则亡，名今可大而不死。"初唐四杰，虽在生前就已闻名天下；因为杜甫的这首诗，四杰更加闻名。此诗的末尾两句是千古名句，至今仍为世人传诵。

解闷十二首（其一）

草阁柴扉星散居①，浪翻江黑雨飞初。
山禽引子哺红果②，溪女得钱留白鱼③。

【注释】

　　①星散居：住在山里的人家非常稀疏，如同天上散布着几颗星星。

②引子：带着幼鸟。

③溪女：水边的女人。留白鱼：将白色的鱼留下。

【译文】 ···

　　山村里的草堂和柴门像星星一样散居各处，水浪滔天，大雨如注，江面上一片漆黑。山中的动物带领幼崽四处寻找食物，水边的女人将鱼换成了钱，但她留下了白鱼，为的是给自己食用。

【评点】 ···

　　此诗写于766年，诗人当时在夔州。明代王嗣奭在其《杜臆》中说："非诗能解闷；谓当闷时随意所至，吟为短章以自消遣耳。"可见，诗题所谓"解闷"，并非心中有郁结、烦闷，而是独居之人自作小诗消遣自慰。诗中所写，也如其所言，亦是随心所欲，随笔所触，自然闲适，如一幅村居图。

书 目